# TITAN ✚

# Le ciel tombe
# à côté

**De la même auteure**

**Jeunesse**

*Un monstre dans les céréales*, La courte échelle, 1988.
*Une tempête dans un verre d'eau*, La courte échelle, 1989.
*Un blouson dans la peau*, La courte échelle, 1989.
*Une sorcière dans la soupe*, La courte échelle, 1990.
*Le Cœur en bataille*, La courte échelle, 1990.
*Je t'aime, je te hais*, La courte échelle, 1991.
*Un fantôme dans le miroir*, La courte échelle, 1991.
*Sauve qui peut l'amour*, La courte échelle, 1992.
*Un crocodile dans la baignoire*, La courte échelle, 1993.
*Une maison dans la baleine*, La courte échelle, 1995.
*Un dragon dans les pattes*, La courte échelle, 1997.
*Un oiseau dans la tête*, La courte échelle, 1997.
*Le Livre de la nuit*, La courte échelle, 1998.
*Un cheval dans la bataille*, La courte échelle, 2000.
*J'ai un beau château*, Dominique et compagnie, 2002.
*Il n'en fait qu'à sa tête, Jano*, Dominique et compagnie, 2003.
*Dessine-moi un prince*, Dominique et compagnie, 2003.
*Le ciel tombe à côté*, Québec Amérique, 2003.

ALBUMS

*Abécédaire*, La courte échelle, 1979.
*Le Lion et la souris*, Québec Amérique, 1981.
*L'Œil gauche du roi*, Québec Amérique, 1981.
*Le Voyage de la vie*, La courte échelle, 1984.
*La petite fille qui détestait l'heure du dodo*, La courte échelle, 1995.
*Décroche-moi la lune*, Dominique et compagnie, 2001.
*Mon rayon de soleil*, Dominique et compagnie, 2002.
*Nul poisson où aller*, Les 400 coups, aut. 2003.

# Marie-Francine Hébert

# Le ciel tombe à côté

roman

QUÉBEC AMÉRIQUE jeunesse

**Données de catalogage avant publication (Canada)**

Hébert, Marie-Francine
    Le ciel tombe à côté
    (Titan jeunesse ; 53)
    Pour les jeunes.
    ISBN 2-7644-0259-7
    I. Titre. II. Collection.
PS8565.E2C43 2003   jC843'.54   C2003-940743-8
PS9565.E2C43 2003
PZ23.H42Ci 2003

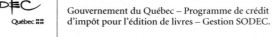

Nous reconnaissons l'aide financière du gouvernement du Canada par l'entremise du Programme d'aide au développement de l'industrie de l'édition (PADIÉ) pour nos activités d'édition.

Gouvernement du Québec – Programme de crédit d'impôt pour l'édition de livres – Gestion SODEC.

Les Éditions Québec Amérique bénéficient du programme de subvention globale du Conseil des Arts du Canada. Elles tiennent également à remercier la SODEC pour son appui financier.

Québec Amérique
329, rue de la Commune Ouest, 3e étage
Montréal (Québec) H2Y 2E1
Téléphone : (514) 499-3000, télécopieur : (514) 499-3010

Dépôt légal : 3e trimestre 2003
Bibliothèque nationale du Québec
Bibliothèque nationale du Canada

Révision linguistique : Diane Martin
Mise en pages : Andréa Joseph [PAGEXPRESS]

« Dans les chaumières dépeuplées, c'est toujours la même histoire, celle qui n'est pas racontée. »

Hélène Monette

À ma sœur, Lorraine, pour l'oiseau
que nous sommes l'une pour l'autre.


Merci à Christiane Duchesne
et à Lorraine Hébert pour leurs
ailes bienveillantes.

# Un

## Le lac caché

Il fallait écrire un poème sur une journée de congé. Pas besoin de raconter un
événement extraordinaire, la prof avait dit.
Juste un fait de la vie de tous les jours.

### SAMEDI

Ma mère étend sa misère sur la corde à linge
Mon père prend une bière dans le frigidaire
S'allume devant la tévé
Je sais pas quoi faire, j'ai rien à faire
Je me regarde dans le miroir

Il y a des points noirs dans ma tête
Ma mère me dit : Occupe-toi de ta sœur
Es-tu sourde ? Déguédine ! répond mon père
Je sors dehors, je cherche ma sœur
Je la trouve encore en haut d'un arbre
Je lui dis : Descends de là tout de suite
Sinon je vais en manger une
Elle redescend : Je veux être l'oiseau, elle dit
Je la tape : Tu peux pas être l'oiseau
T'es Angélique
Tu peux pas être l'oiseau. Comprends-tu ça
Je la tape encore. Elle pleure même pas
Ça donne rien

Je venais de l'écrire. C'était arrivé un peu plus tôt dans la journée. Le temps que mon père s'aplatisse sur le divan comme du fromage sur la pizza. Le temps que ma mère se rende compte que sa misère avait séché sur la corde à linge. Déjà. Il faut maintenant qu'elle la décroche.

— Veux-tu que je t'aide ?
— Occupe-toi de ta sœur à la place.

Grincements dehors. C'est la misère. Elle la décroche, l'empile toute raide dans un panier ; il faudra encore la repasser, la repriser, la ranger dans les tiroirs.

En petit bonhomme sur sa chaise, de l'autre côté de la table, les yeux pointus, ma sœur me picosse la face.

— J'avais pas le choix, Angélique. C'est trop dangereux.

— ... pas Angélique.

— ... Oiseau, d'abord !

Elle était juchée dans un arbre au bord du lac pourri, à côté de la maison de Jon en plus. On a pas le droit. Mon père veut pas qu'on fraternise.

— Toujours là à écornifler. C'est une vraie manie, Oiseau. Quand c'est pas chez Suson, c'est chez Jon. Heureusement qu'il y a juste trois maisons dans le coin.

— J'écornifle pas. C'est lui !

— Qui ça, Jon ? Il était même pas là. Je l'ai vu partir.

— Non, le lac. C'est un œil de la terre, tu sauras.

— La terre t'écornifle, toi, en quel honneur ?

— Toi aussi. Tout le monde.

— Avec cet œil-là, sale comme il est, la terre doit pas reconnaître grand monde.

Il est en train de pourrir, le lac. Le fond se remplit de choses molles gluantes qui collent quand on se baigne ; on se baigne plus.

Il se meurt d'asphyxie, tout le monde le dit. Tout le monde le laisse. Je m'en fiche ! Le vrai lac est ailleurs. Caché. Les castors l'ont fait dans le bois en construisant une digue dans le ruisseau. Personne le sait, à part Angélique et moi. Personne le saura jamais. Même si on s'ouvrait la trappe par accident. Personne comprend ce que ma sœur dit. Et moi, personne m'écoute.

— Bientôt, il aura plus de larmes, le lac pourri. Moi non plus, elle dit, ma sœur.

Elle ferme les yeux, le nez, la bouche et se laisse tomber raide morte sur le plancher. J'ai pas envie de jouer à la ressusciter. Je vais dans la chambre porter mon sac d'école. Je reviens, ma mère rentre dans la maison avec son panier plein.

— Ta sœur est où...

— Elle doit pas être loin.

— Toujours en train d'errer comme une âme en peine.

Je la cherche autour. Mon père cherche la chicane.

— T'étais pas supposée t'en occuper, Mona ?

— J'ai le droit de faire mes devoirs en paix.

— Pour ce que ça donne comme résultats.

— J'ai de qui tenir, il faut croire.

— Si je me retenais pas. Il y a des claques par la tête qui se perdent. Avec tous les sacrifices qu'on fait, ta mère et moi. Tu sais pas ce que c'est que de travailler au pic pis à la pelle toute la journée ! Il me semble que tu pourrais faire ta part. Tu trouves pas qu'on en a assez sur les bras ? Avec l'autre qui a une cervelle de moineau. Et un troisième en route.

— T'avais qu'à pas nous avoir, je réponds.

— On choisit pas, ma fille, dit ma mère, les yeux pleins de choses molles gluantes qui collent.

— Tu veux faire mourir ta mère, c'est ça que tu veux ? T'as pas honte, petite ingrate !

J'aurais voulu répondre : Oui, j'ai honte. Mais Oiseau est sortie de sous la table et s'est jetée en dehors de la maison. Je pouvais pas la laisser partir comme ça. C'est pas de sa faute si elle a manqué d'oxygène à la naissance. Elle a huit ans dans son corps, cinq dans sa tête, il paraît, mais elle court vite, la petite maudite. Je la cherche partout en haut d'un arbre, je la trouve au lac caché, chiffonnée derrière la roche. Je m'assois à côté d'elle.

— On pourrait écornifler les castors : Coucou, Gaspard, Melchior, Balthazar...

— Ils veulent pas nous voir la face.

— Qu'est-ce que t'en sais ?

— La première fois qu'ils l'ont vue, ils se sont sauvés.

— On va regarder le ruisseau se couler tout clair dans les bras du lac, d'abord.

— Je veux pas que la terre me voie comme une âne en peine.

— Âme, Oiseau. Pas âne, âme ! Il va pas falloir que je t'explique ça ?

— Oui.

— Sinon, tu me lâcheras pas ?

— Non.

— Bon, alors l'âme, c'est une espèce de flamme qu'on a à l'intérieur. Fais pas cet air-là, ça brûle pas. C'est une espèce de souffle, en fait.

— Comme un soupir ?

— Oui, mais qu'on entendrait pas et qui finirait pas... et qui garde le corps en vie. Parfois, l'âme sait pas trop quoi faire de son corps, on dit qu'elle est en peine. Tu comprends c'est quoi, l'âme, Oiseau ?

— Non. Toi non plus !

Elle a fourré sa tête sous mon chandail, l'a appuyée contre mon ventre. Sa petite tête pleine de nœuds, je la flattais à travers mon chandail. On était bien. Là, j'ai pensé à maman.

— J'entends ton cœur qui se bat, ma sœur a dit.

Peut-être qu'il valait mieux que j'en aie jamais, d'enfants, plus tard. Avec la honte et tout, qu'on choisit pas. Et puis, j'avais Oiseau.

— Moi, je te choisis, j'ai dit.

# Deux

## Dans la marge

La prof m'a mis 0 sur 10. Avec, dans la marge, un paquet de bêtises à l'encre rouge enragé : «Galimatias !... On étend du linge sur la corde à linge !... On dit réfrigérateur !... On allume la télévision ! » Il y a un gros point d'exclamation vis-à-vis des «points noirs dans ma tête». « Déguédine » est souligné trois fois : « Pas dans le dictionnaire ! »... « En manger une, une quoi, une pomme, une tranche de pain ! » Elle a barré d'un gros « Tu n'as pas honte ! » le passage sur ma sœur.

Je suis allée la voir après la classe, j'ai répondu :

— Oui !

— « Oui », quoi !

— Oui, j'ai honte.

Elle a soupiré-craché en l'air comme Matamore, le chat de Suson :

— Petite effrontée !

J'aurais dû y regarder à deux fois. Il y avait pas de point d'interrogation à la fin de « tu n'as pas honte » ; c'était pas une question. Il y a jamais de points d'interrogation à la fin de ses phrases quand elle s'adresse à moi, la prof. Juste des griffes. Les pattes de velours, c'est pour Suson qui est riche ou pour Jon qui a de bonnes notes. Lui, il a pas le choix, il est noir. S'il fallait qu'il échoue en plus.

— Tu me copieras cent fois : Je suis une effrontée !

J'espérais faire ma copie à l'école avant de partir. Mes parents comprennent rien à mes devoirs, mais s'il fallait qu'ils écorniflent pour une fois et s'aperçoivent que j'ai une copie à faire, je recevrais une de ces claques. Pas une vraie claque. Mon père se retient depuis que ma mère a menacé de le dénoncer. Elle aurait pas dû, j'aime mieux les vraies. Avec les vraies claques, la joue s'enflamme d'un coup, mais s'éteint vite. Pas avec les claques de mots. Les claques de mots laissent une braise dans la tête. Plus moyen de s'en débarrasser, le feu couve sous la cendre, le moindre regard l'allume.

Mais la prof avait trop hâte que je « déguédine » :

— Mona! Qu'est-ce que t'attends! Va-t'en chez vous!

J'ai écrabouillé ma feuille en sortant de l'école, ça m'apprendra. Je l'ai jetée dans le fossé au bord de la route. Même les tarlais de Sigouin ont eu une meilleure note que moi. Qu'est-ce que ça donne, apprendre à lire, à écrire, tout ça. « J'ai pas besoin, elle dit, ma sœur. Je veux être oiseau. » Des fois je pense que, moi aussi, j'aurais dû manquer d'oxygène à la naissance.

Rendue au lac caché, je me suis sauvée tout croche derrière la roche. Sans regarder l'eau, c'est niaiseux, comme si quelqu'un pouvait voir au travers; il est si clair, le lac caché. Je voulais que personne me voie. Même pas les castors. Je voulais me débarrasser de ma copie. Comme si j'étais sale ou je sais pas quoi.

Il me restait plus de feuille mobile, juste un cahier neuf que je gardais. J'avais pas le choix de l'entamer. «Je suis une effrontée. Je suis une effrontée...» Tout le contraire de Suson. Elle est si distinguée; la prof lui parle comme si elle était en porcelaine. Tellement bien habillée, avec des vêtements neufs, des souliers différents et ses cheveux qui brillent. Elle a toujours quelque chose de «charmant» à raconter dans ses compositions. Pour qui elle se prend? On sait bien, son père est le chef de la police, même qu'il est maire en plus. Ça paraît qu'il est fier d'elle, son père, à la manière dont il la regarde. «Elle est belle rare, cette jeune-là!» dit mon père. «C'est parce qu'elle est blonde avec des yeux bleus», dit ma mère. «Des yeux de poisson mort», dit Oiseau en se mettant le doigt dans la bouche comme pour se faire vomir. Elle dit n'importe quoi, ma sœur. Je gage qu'elle est jalouse.

«Je suis une effrontée. Je suis une effrontée. Je suis une effrontée...» Jon, lui, il est tellement poli, on s'imaginerait pas. Jamais un mot plus haut que l'autre. Il a un accent français en plus. On a l'impression de pas savoir parler à côté de lui. Même la prof se force. Son poème racontait un lever de lune. Un lever de lune; pour qui il se prend! Je savais même pas que ça existait. Lui, oui. Il sait tout. Il a zéro faute en dictée. C'est sûr, il passe son temps à lire. Il a pas le choix; les autres élèves le trouvent bizarre, lui parlent seulement s'ils sont obligés.

Quand ils ont déménagé en bas de la côte au bord du lac, le père de Suson a dit :

— Qu'est-ce que des Nègres viennent faire à la campagne?

Il paraît qu'il faut dire Noirs au lieu de Nègres pour pas être raciste; mais par chez nous, personne le fait. C'est vrai qu'on en voit pas dans le coin.

Mon père a dit :

— On sait jamais à quoi s'attendre avec ce monde-là. Je veux pas être raciste, mais il vaut mieux être sur nos gardes. Rien qu'à regarder le jeune se déhancher, on voit bien...

— On voit quoi? je lui ai demandé.

— Je me comprends. Vous vous tenez loin, les filles! Il y a même pas de père dans cette maison-là. L'autre, la mère, je la vois jamais partir pour travailler. Encore une sur le B.S. Il y a des limites à se faire vivre par les autres.

Des fois, je m'arrange pour le suivre quand on revient de l'école, mais j'ai beau le regarder se déhancher, je vois pas. Je sens juste... Comment dire ? L'autre jour, je m'étais arrêtée dans un chemin de travers pour faire pipi, je remonte sur mon bicycle, qui j'aperçois au beau milieu de la route ? Lui qui revient à pied, tirant son bicycle d'une main, un livre ouvert dans l'autre. J'allais pouvoir le regarder se déhancher à mon goût. Je l'ai regardé, regardé jusqu'à ce qu'il disparaisse de l'autre bord de la courbe. Toujours rien. Avant de partir, j'ai pressé fort mon siège entre mes cuisses pour une petite joie dans le bas de mon ventre.

« Je suis une effrontée. Je suis une effrontée... » À force de l'écrire, on aurait dit que ma honte s'était effacée. À la fin, je me sentais même plutôt fière. Fière de quelque chose qui me distinguait des autres, une espèce de personnalité. En passant devant la maison des « Nègres », j'ai donné un bon coup de pied sur leur poubelle, qui s'est renversée. Ça leur apprendra.

# Trois

## Peau d'âme

Maman faisait une sieste dans sa chambre, papa travaillait au pic pis à la pelle sur l'autoroute. Je m'occupais de ma sœur. J'attendais qu'elle se réveille, en fait. Elle dormait en boule dans le vieux fauteuil au bord de la fenêtre, un petit paquet de sœur qui se retient à son pouce pour pas tomber. Il faisait chaud, je m'en souviens, l'école achevait. J'essayais de rentrer mes seins par en dedans, je priais pour qu'ils poussent pas plus gros. Les gars arrêtent pas de t'achaler après. Et ça court mal. Suson a pas ce problème-là, une vraie galette. Je peux pas plus l'imaginer avec des seins que les statues des anges ou de la Sainte Vierge.

Je regarde par la fenêtre au cas où il arriverait quelque chose. Au cas où l'autre passerait en se déhanchant. Au cas où il y aurait un drame chez Suson. Je sais pas, moi. Un bandit que son père aurait arrêté et qui viendrait se venger à sa sortie de prison. Sa mère serait étendue sur la pelouse comme d'habitude. Une chaise longue pleine de peau huileuse suspendue à un roman d'amour. « De la romance, dit ma mère. Comme si j'avais le temps pour la romance, moi. » La mère de Suson se lèverait d'un bond en apercevant le bandit avec son fusil. Elle essayerait de faire sa belle, avec les seins qui cherchent un chemin, les hanches qui racontent n'importe quoi, mais le sourire caillé. « Tu vas payer, ma chienne », il lui dirait, le bandit. Suson se serait sauvée par en arrière, aurait couru jusqu'ici, elle cognerait à la porte : « Mona, Mona, au secours, ouvre-moi, je le sais que t'es là. » Je ferais semblant de pas entendre. Je verrais sa belle face de l'autre côté de la vitre avec ses beaux yeux bleus qui se noient. « Mona... Mona..., je te vois, ouvre-moi la porte... » Je ferais semblant de rien. Ça lui apprendrait.

Plock ! Je reste bête : un oiseau vient de foncer dans la fenêtre. La vitre est pas cassée, elle a même pas craqué. Ça fait que l'oiseau a revolé sur le banc au bord de la galerie, s'est effoiré sur le côté, le bec claqué, les yeux figés, il respire plus, on dirait.

Réveillée en sursaut, Oiseau, je veux dire Angélique, ma sœur, échappe son pouce dans la manche d'un vieux chandail à moi trop grand pour elle.

— Il s'est assommé, il va se relever, tu vas voir, il est pas mort, je lui dis.

Ma sœur reste là, les manches ballantes, elle fixe l'oiseau.

Je me choque, non mais c'est vrai.

— Je peux pas croire ! Avec tout le ciel par où passer, il fallait qu'il fonce sur notre maison.

— Il sait pas que le ciel continue pas en arrière de la vitre, Mona. Il a juste une cervelle de moineau.

— On peut pas le flatter pour le réconforter. Sa mère le reconnaîtrait plus après.

— Peut-être qu'elle serait débarrassée. Un de moins à s'occuper.

— Je sais, on va déposer une soucoupe d'eau sur le banc à côté de lui. Pour qu'il sente que quelqu'un s'en occupe. Veux-tu y aller, Angélique ?

J'y vais sur la pointe des pieds pour pas l'effaroucher. Ses yeux flageolent, il est en vie. Je le laisse en paix. Je reviens dans la maison. Je me glisse dans le fauteuil à côté de ma sœur. Je flatte la petite veine qui se débat sous sa tempe. On reste là à regarder l'oiseau à travers la fenêtre. C'est un rouge-gorge, je crois. « Respire, respire, que je lui dis dans ma tête à l'oiseau, il faut pas que tu meures. » À un moment donné, hop, il se relève. Angélique retrouve son pouce au fond de sa manche. On attend. On attend. L'oiseau reste là, sur ses petites cannes, le corps lourd, les ailes qui traînent sur ses talons.

— Ses ailes sont peut-être fêlées et il peut plus voler, je dis.

— Son cerveau est peut-être fêlé et il sait plus comment, elle dit.

— Peut-être.

— Peut-être que c'est son âme.

— Ça a pas d'âme, un oiseau.

— Comment tu le saurais ?

Soudain, qui on aperçoit, en bas de la galerie, à une volée de marches de l'oiseau ? Matamore, le chat de Suson, de son père, je devrais dire, parce qu'il y a seulement lui qui peut en venir à bout. Un drôle de chat, sournois, tordu. Il s'approche de toi, se laisse flatter tout doux, tu te ramollis, tu te méfies pas, et GRRRR ! il te saute dans la face. Ma sœur et moi, on se tient loin.

— Envole-toi, que je lui dis, à l'oiseau. Vite ! Envole-toi !

Il m'a entendu, on dirait, il se dévisse la tête d'un quart de tour, mais reste collé au plancher, ses ailes pendantes trop grandes pour lui.

Ma sœur se garroche dehors. La première chose que je sais, elle est à quatre pattes devant Matamore et lui bloque le chemin. Il va lui sauter dans la face, c'est sûr. Je sors dehors, qu'est-ce que je peux faire ? Ni ma sœur ni le chat bougent, leurs yeux vissés dans les yeux de l'autre : Je vais te faire la peau. Des deux, c'est pas Matamore qui a l'air le plus féroce, j'ai jamais vu ma sœur de même. Au bout du compte, le chat détale, j'en reviens pas. Et qui on voit passer au-dessus de nos têtes ? L'oiseau. Il vole, léger, comme si de rien n'était. On court pour essayer de le suivre, voir où il s'en va. L'oiseau descend la rue jusqu'au lac, se perche dans un arbre.

— C'est une bonne place, ma sœur dit.

Je me rends compte qu'on est à côté de la maison de Jon, même que sa mère apparaît, brun foncé, derrière la fenêtre. J'attrape ma sœur par la manche et je la ramène chez nous.

# Quatre

## Le corps du sujet

C'est le dernier jour de classe. Mon père m'a laissée à l'école en allant travailler. Un pneu crevé sur mon bicycle, je m'en suis aperçue à la dernière minute, on avait plus le temps de le réparer. Son vieux camion bleu sent l'asphalte et la sueur de son front. La boîte de vitesses est pétée, jamais moyen de trouver le reculons. «Un bon jour, tu vas te tuer, nous autres avec», ma mère passe son temps à dire. Il finissait trop tard pour me reprendre après l'école, je serais obligée de rentrer à pied. Je m'en ficherais si c'était pas des maringouins.

— Tu mets une bulle autour de toi. Les maringouins peuvent pas te piquer, t'es dans ta bulle, m'a dit Angélique avant de partir.

— Ils me piquent quand même.

— Tu la tricotes pas assez serrée, ils doivent passer par les petits trous.

On sort de l'école. Suson m'offre de me ramener, son père vient la reconduire et la chercher chaque jour.

— Allez , viens donc.

Elle insiste, elle insiste. Chaque fois que je suis à pied, c'est la même histoire, elle lève le nez sur moi toute la journée et, en sortant de l'école, elle m'invite dans sa belle auto. Pour m'humilier encore plus, je suppose. Surtout aujourd'hui. Elle arrêtera pas de se vanter de ses bonnes notes, de montrer ses prix. « Bravo mon chou, mon cœur, mon lapin ! » il lui dira, son père, la bouche sucrée. « Qu'est-ce que la petite fille à son papa aimerait avoir comme récompense de fin d'année ? — Je le sais pas encore, elle répondra, faisant sa difficile. — Et toi, Mona, as-tu eu un beau bulletin ? » il me lancera pour m'étamper dans son miroir.

On est debout sur le trottoir, mes vieux runnings à côté de ses souliers neufs. Ses souliers neufs qui vont nulle part. Mes vieux runnings qui vont partout. Je les vois sauter d'une roche à l'autre autour du lac caché, mes vieux runnings. Je les vois grimper sur la grosse pierre ; il y a un arbre qui pousse dessus, c'est pas croyable. Dans aucune terre, seulement de la mousse à laquelle les racines de l'arbre s'agrippent. Une épinette. Ma sœur et moi, on en revenait pas quand on l'a découvert : un arbre qui pousse sur de la roche !

— Les autres arbres voulaient pas de lui, a dit Angélique. Il pouvait pas se défendre, c'était juste une petite graine d'arbre.

— Alors tu sais ce qu'elle a fait, la petite graine d'arbre ? Elle s'est réfugiée sur la grosse pierre. S'est enfouie dans le tapis de mousse, a fait semblant de rien, s'est laissée pousser tranquillement. Les arbres autour passaient leur temps la tête en l'air, les oreilles dans le vent, sans apercevoir le fouet qui grandissait sur la pierre au-dessous d'eux. Un bon jour, taram ! un arbre se dressait solide sur sa roche. Plus moyen de le déloger.

Je les vois redescendre de la roche de bonne humeur, mes vieux runnings. Je les vois courir après un oiseau, je les vois se sauver avec Oiseau. Mais je les vois pas dans l'auto neuve du père de Suson.

— Allez, viens donc.

Peut-être que si son père insistait, mais il renchérit pas. Il doit avoir peur que je salisse sa belle auto avec mes souliers crottés. Il invite jamais Jon non plus ; il fait semblant de pas le voir.

— Je vais rentrer à pied, j'aime mieux marcher.

Je pars en souliers, je m'en vais chez nous, ma bulle antimaringouins tricotée serrée autour de moi. C'est d'une autre sorte de bulle que j'aurais besoin, mais je le sais pas encore.

D'habitude, je me laisse marcher, mes pieds connaissent le chemin, je lance mon regard au-delà de la route en terre que je connais, je le laisse flotter au-dessus d'une route dont je vois pas la fin ; je l'imagine en bel asphalte. Un jour, je serai pas obligée de m'arrêter en chemin pour prendre à gauche, de rentrer à la maison de mes parents, de la déception plein mon bulletin. Je passe mon année, mais juste. « Juste à côté », dira mon père. « Qu'est-ce que tu vas devenir... » dira ma mère. Elle non plus met jamais de point d'interrogation à la fin de ses phrases. Mais pas de griffes, comme la prof. Elle se ronge le bout des phrases, ma mère.

Je suis la troisième avant-dernière devant les frères Sigouin. La prof les a fait monter par charité, sinon ils auraient encore redoublé. À moi, elle a rien dit, elle a soupiré-craché en l'air. J'ai pensé : Elle se retient pour pas me griffer, elle a pas le droit.

Pourtant je me force. J'essaie d'être attentive, de me concentrer. Mais je comprends pas les questions, je réponds à côté. Veux-tu bien me dire de quoi elle parle, la prof ? C'est quoi le cœur du sujet ? Pas « le corps », comme j'avais compris pendant la dictée ; j'aurais dû m'en douter. Elle a pas l'air d'y croire tellement, elle non plus, au cœur du sujet. Elle récite la leçon, en regardant par la fenêtre au cas où l'ennemi débarquerait dans la cour d'école, surveille l'horloge comme si c'était la porte de sortie. C'est elle qui parle à côté, à côté d'elle, à côté de tout, à côté de moi, en tout cas.

Derrière son pupitre, les idées bien peignées sans un poil qui dépasse, elle dit :

— Vous avez des questions.

Elle laisse flotter la phrase au-dessus de nos têtes. Elle veut pas savoir ce qui se passe en dedans. Elle veut pas les entendre, nos questions. Il y a pas de place pour nos questions sur son pupitre bien rangé. Sont pas au programme, nos questions.

Jon, par exemple, on passe notre temps à l'examiner du coin de l'œil. C'est plus fort que nous autres, sa couleur foncée, ses mains pâles à l'intérieur, ses cheveux, je sais pas, moi. Est-ce qu'ils attrapent des coups de soleil, les Noirs? Est-ce qu'ils se font piquer par les maringouins? On dirait pas. Pas de danger qu'on parle de ça. Pour une fois qu'on en un dans la classe, qui a pas l'air violent en plus. Il a l'air plutôt pissou. On s'imaginerait pas. Il doit se sentir mal, tout seul de sa sorte dans l'école. Il est chanceux, il rougit pas. Ou ça se voit pas, un des deux. Pourquoi il faut dire «Noirs» quand ils sont bruns, en fait? Il faut surtout faire semblant qu'ils sont pas d'une autre couleur. Comment on se sent quand le monde fait semblant que t'es pas différent?

Je pense à ce genre d'affaires-là. Quand je pense à rien, je me croise les jambes et je serre mes cuisses l'une contre l'autre pour la petite joie à l'intérieur. Pas de danger que la prof parle de ça, personne en parle jamais. Tout le monde parle de rien. Ou je pense à maman qui choisit pas, à mon père que je voudrais embrasser sur la joue comme Suson fait avec le sien. Chaque fois que mon père vient me reconduire ou me chercher, je me dis : Aujourd'hui je vais le faire, je vais l'embrasser, il faut que j'essaie au moins une fois pour voir ; mais j'y arrive pas, je suis trop gênée.

Le plus souvent, je pense à ma sœur. Cette manie qu'elle a de grimper aux arbres ! S'il fallait qu'elle tombe, je sais pas ce que je ferais. Je mourrais, je pense. Il y a trop de dangers.

Je pousse à fond de train mes vieux runnings sur le gravier. Si je la trouve encore en haut d'un arbre, je la tue. Il faut qu'elle comprenne une fois pour toutes. Je prends à gauche le chemin de terre où il passe jamais personne à part les habitants des trois maisons. C'est pas l'heure.

Les deux tarlais de Sigouin ! Qu'est-ce qu'ils font là ? C'est pas leur chemin. Je continue, c'est le mien après tout. Ils me collent après. Ils ont chacun un rameau ; ils savent pas trop quoi faire avec, à part fouetter l'air. Ou chercher le trouble.

— Qu'est-ce que vous voulez ?

Ils répondent pas. Ils font juste rire. Baver, je devrais dire. Pas besoin d'être bonne en classe pour deviner ce qu'ils veulent.

Un des deux se met à me frôler un sein avec le rameau.

— Fiche-moi la paix, maudit niaiseux.

L'autre cherche à me le glisser entre les cuisses.

— Envoye, envoye, sois pas stuck-up.

Je ralentis pour qu'ils se méfient pas, je me mets au neutre et, à la dernière minute, je m'élance. Ils se méfiaient. Ils me rattrapent, c'est pas long. Me coincent en sandwich.

— Touchez-moi pas, bande d'écœurants !

Il y en a un qui essaie de relever mon chandail.

— T'es pas assez belle pour faire ta fraîche !

L'autre, de baisser mon pantalon.

— Ouan, c'est vrai ça.

Ils sont plus forts que moi. Je veux crier. Une main se rabat sur ma bouche. Ils me tordent les bras pour m'entraîner dans le bois. Je me débats : la sauterelle, ils l'auront pas vivante. J'entend alors :

— Lâchez-la !

C'est Jon qui arrive en courant et les menace avec une grosse branche.

— Lâchez-la immédiatement, sinon je vous décapite !

Les deux tarlais restent bêtes.

— Qu'est-ce qu'il dit ?

« Décapite » ? Moi non plus, je connais pas ce mot-là, mais il leur fait un effet terrible.

— On décampe, répond l'autre.

Ils décampent et vite.

— Merci, je lui dis, à Jon.

Il tremble plus que moi, les yeux sortis de la tête, la sueur lui coule sur les tempes. Le bâton serait en feu qu'il s'en débarrasserait pas plus vite.

— Tu n'en parles à personne, d'accord ? S'il fallait que ma mère l'apprenne. La violence, ce n'est pas son truc.

Il me supplie ; on dirait que c'est lui, le coupable.

— Tu n'en parles à personne, Mona. O.K. ?

Son « O.K. » sonne drôle : moitié français moitié québécois. Qu'est-ce qu'il lui prend ?

— D'accord, je réponds.

Mon « d'accord » sonne pas mieux, moitié québécois moitié français. Qu'est-ce qu'il me prend ?

— Ah, j'oubliais, Jon dit.

Du livre coincé sous sa ceinture, il sort une feuille défroissée avec la main et pliée en quatre.

— Ton poème, il a dû glisser de ton sac.

— J'en ai plus besoin. C'est peut-être même pas à moi, je veux dire.

La honte, tu crois t'en être débarrassée, mais il y a toujours quelqu'un qui te la rapporte. Ton nom est écrit dessus.

— C'est beau ! Maman l'a lu aussi. Elle s'y connaît. Mona, attends...

Je me sauve en courant, ma honte sur les talons. Je fonce dans la maison et je lui claque la porte au nez.

# Cinq

## Parents et autres animaux

Résignée. Le caquet bas, les yeux vitreux au bord du chemin, ma maison est résignée. Chaque fois qu'une auto passe, un camion, un livreur, un réparateur de je sais pas quoi, chaque fois que le père de Suson arrive en char de police – avec sa belle auto, il roule doucement, sur le bout des pneus, par crainte de la salir – chaque fois que quelqu'un passe, un nuage de poussière enveloppe notre maison. Même avec les fenêtres fermées, la poussière se faufile à l'intérieur. «Un bon jour, le nuage va nous avaler», dit Angélique.

Cette auto-là, on la connaît pas. Une auto rouge. Oiseau et moi, on se bouche le nez, on plonge dehors, on prend le bois, le long du chemin, l'auto descend la côte, s'arrête au bord du lac devant la maison de Jon. Accroupies derrière un bosquet, on voit un homme noir, brun pâle en fait, descendre de l'auto, attendre, joyeux, à côté. Jon sort de chez lui avec son sac à dos. Les deux se regardent, un sourire si blanc leur fend la face jusqu'aux oreilles. L'homme accourt les bras ouverts, Jon se jette dedans, ils se serrent fort : c'est son père. Je peux pas m'imaginer dans les bras du mien ; on serait bien trop gênés. Ils montent dans l'auto. La mère de Jon apparaît, le blanc des yeux inquiet, à la fenêtre de la maison. Jon lui fait, en partant, un geste de la main pour la rassurer. Ça la rassure pas, elle garde les yeux là où son fils a disparu. Le cœur plein de lui. Oiseau et moi, on reste à genoux derrière le bosquet. En morceaux. Je peux pas imaginer ma mère le cœur plein de moi. Oiseau non plus, j'en suis certaine.

Deux jours, on est restées agenouillées derrière ce bosquet-là. Pas en chair et en os, bien sûr. En pensée. Tellement qu'on osait pas se regarder, Angélique et moi. C'est comme pour une blessure, dès que les yeux de l'autre te la renvoient, il y a plus de doute possible et la douleur éclate.

Le pire, c'est quand l'auto revient, le troisième jour, que Jon descend et que sa mère s'éblouit en l'apercevant. Comme dans les films.

— Elle l'a choisi, dit Angélique en ravalant sa salive.

Je regarde le film dans lequel je suis pas et je serai jamais. Le père repart, il reviendra, à bientôt. Jon et sa mère rentrent chez eux en se tenant par la taille. Là, je les entends rire. Rire. Dans la vraie vie.

Ma sœur se lève.

— Où est-ce que tu vas ?

— Voir quelque chose de sale qui pue, elle répond.

Une petite bête qui détale. Toujours la même petite bête après laquelle je cours. Quand je crois la tenir, elle me glisse entre les mains et fait l'oiseau. Ma sœur a coupé à travers bois de l'autre côté du chemin et file vers chez Suson. Elle a choisi l'arbre le plus près de leur maison et grimpe dedans. Un arbre fait exprès avec ses branches en escalier. Même moi, je peux y grimper. Je lui fais signe de redescendre. Elle reste là, le corps feuillu, les yeux pointus. En petit bonhomme au pied du tronc, je l'attends. Je m'attends, en fait, car ma tête est toujours là, derrière le bosquet, mon cœur plutôt, qui se ramasse les morceaux. Autant d'amour dans la vraie vie, je pensais pas que ça se pouvait.

Oiseau me fait signe : Vite, vite, monte voir, quelque chose de sale qui pue, si je comprends bien à sa manière de mettre son doigt dans sa bouche comme pour se faire vomir. Je l'avoue, je préfère garder les pieds sur terre. Les hauteurs, c'est pas pour moi. J'ai peur. Pas de grimper. De pas redescendre. Quand je suis là-haut, au milieu du ciel qui finit pas, et que j'aperçois la petite maison où la vie m'a échappée. Mais quelque chose de sale qui pue chez Suson, je peux pas l'imaginer. Même si ma sœur le jure-crache par terre. Je grimpe, je me perche sur une branche voisine de la sienne. Rien de spécial, à part le bicycle neuf de Suson. C'est pas la peine d'avoir autant de vitesses pour tourner en rond sur son terrain. Rien d'autre. Personne dans la maison. Sa mère doit être partie en ville magasiner, je vois pas sa petite auto. Je me tourne vers Angélique, son regard s'est enfargé dans quelque chose derrière le cabanon.

Dans l'ombre, j'aperçois le père de Suson appuyé contre sa belle auto. Je l'avais pas entendu arriver. Il a un drôle d'air, la tête renversée, qu'est-ce qu'il... Je descends les yeux, qu'est-ce qu'il tient là, au bout de ses bras, tout contre lui ? Les cheveux blonds de Suson agenouillée... Qu'est-ce qu'elle fait là ?

Le cœur me lève, je détourne la tête. Je sais pas pourquoi je pense à la main de maman qui ressort du ventre du poulet à cuire avec le cou, le cœur, le foie. On croit pouvoir imaginer le pire. Mais pas le pire cru comme de la viande.

Je fais signe à ma sœur : Descends de là tout de suite ! S'il fallait qu'on se fasse pincer. On se sauve comme des voleuses. On retourne chez nous en faisant semblant de rien, semblant de revenir d'ailleurs. C'est de là qu'on revient.

— On n'a rien vu, compris, Angélique !

Ma sœur fixe ses souliers. Mes anciens souliers, déflaboxés.

— Attache tes lacets, tu vas t'enfarger.

— Moi, je l'ai vu, elle dit.

— Oublie ça, Oiseau. De toute façon, qu'est-ce qu'on a vu finalement.

Je me baisse pour rattacher ses souliers.

— Deux fois, je l'ai vu, Mona.

— Qu'est-ce que t'as vu au juste ?

— Je sais pas. Je l'ai vu quand même.

— Même si on l'avait vu, on le dirait à qui ?

— Je sais pas.

— À la police peut-être ?

— Oui !

— Tu penses que la police va arrêter le père de Suson ? La police et le père de Suson, c'est la même personne. Il a qu'à remettre sa casquette de police, le père de Suson. Tu penses qu'il va s'arrêter et se mettre les menottes, lui-même ? Et puis, qui nous croira ? Il vaut mieux oublier ça.

— Je peux pas.

— On ferme nos gueules, Oiseau. Compris ! « Si je le dis, je vais en enfer. »

— Pas moi. Lui.

— Répète-le ! Sinon, je m'occupe plus de toi !

— C'est pas juste.

— T'as pas le choix, Oiseau ! Répète après moi : Si je le dis, je vais en enfer.

— Si je le dis, je vais en enfer.

On revient à la maison. Ma mère étend « son linge » sur la corde à linge. Mon père

se prend une bière dans le « réfrigérateur »,
allume la « télévision ». Je m'occupe de ma
sœur.

# Six

## Les bras du lac

J'entends qu'on saute d'une roche à l'autre – nos roches! celles qu'on a placées le long de la rive où l'eau déborde de la digue. Un animal! Un des castors, ou peut-être un renard. J'ai rien à craindre, en sécurité sur la grosse pierre à l'ombre de l'épinette. J'en profite pour avoir la paix. Ma sœur est restée à la maison, elle s'est couchée dans le lit à côté de maman trop enceinte par une chaleur pareille. Le mal de cœur, les cheveux dans la face, elle est à bout, ma mère. Elle rit même plus au téléphone avec ses amies d'avant qu'on connaît pas. Je sais pas quoi faire, elle nous regarde plus, je trouve pas le sentier. Ma sœur l'espère.

J'essaie de penser à rien. Surtout pas à Suson derrière le cabanon. Je me sauvais dans ma tête quand elle est venue m'inviter à sa fête trois jours plus tard; c'est vrai qu'elle a des yeux de poisson mort. Je voulais pas qu'ils me touchent. Je voulais pas voir sa bouche. Pour la forme, elle m'a invitée. Pour la forme, j'ai répondu : «Oui, oui.» Ses amis de la ville arriveraient avec leurs beaux cadeaux; je me sentirais à côté. Je suis sortie par la porte d'en arrière et j'ai pris le bois en direction du lac caché. Pas question de passer devant la maison de Jon. Il y a trop de joie par là. Difficile de penser à rien.

Soudain qui je vois, tout noir, tout nu sous la cascade! J'ai jamais vu un gars tout nu, vraiment vu, j'en ai entendu parler, j'ai essayé de l'imaginer. Je suis tellement surprise que j'ose pas le regarder, là, je veux dire à la bonne place ou à la mauvaise, je sais pas trop. Je le regarde, partout ailleurs que là, onduler sous la cascade, l'eau qui pétille sur ses épaules, le soleil qui fond sur ses bras, sa joie qui éclabousse. Jusqu'à ce qu'il m'aperçoive; et ses mains se rabattent là où j'ai pas osé regarder.

Je détourne la tête, je fais l'innocente. Il sait que je l'ai vu, j'en suis à peu près sûre. Je l'entends sortir de l'eau, chercher son linge, se rhabiller en vitesse. Mais je l'entends pas se sauver dans des craquements de silence. Je vois plutôt sa face apparaître au bout de ma roche; il se tient en équilibre dans le V de l'arbre auquel on se cramponne pour monter ici. S'il était pas noir, il serait rouge jusqu'aux oreilles. Lui qui a la parole facile d'habitude, ses phrases sont pleines de trous. Il rabat deux doigts sur ses lèvres comme pour se les boucher.

— Je… désolé… vraiment… me croyais seul… Il fait si chaud… désolé, Mona…

Ses lèvres.

— Je suis désolé… O.K. ?

Il me regarde. Tellement. Je fixe sa main, le grain de sa peau.

— D'accord, je dis.

Il a pris à travers champs, il dit, Jon. Est entré dans le bois, a marché d'un pas tranquille, s'est dirigé sans le savoir vers le ruisseau. Il aurait pu le longer en direction du lac pourri, mais a préféré le remonter à travers les broussailles, sans prendre la peine de chercher un sentier.

Il y a pas de sentier, Oiseau et moi, on se fraye un chemin dans le barbelé de broussailles pour garder notre lac secret. Mais je dis rien. Je regarde sa main, son bras. Je voudrais qu'il me touche. Je rougis des cheveux jusqu'aux orteils, et ça paraît. C'est faux! Je veux pas qu'il me touche. Je veux que personne me touche à part Oiseau. Que personne me regarde. Qu'est-ce qu'il attend? Pas question que je l'invite sur ma roche. Cette manie qu'il a de s'excuser, c'est louche! Pour m'assurer qu'il comprend bien le message, je soupire-crache en l'air.

Oiseau est là, toute floue dans son chandail. C'est pas vrai! Ma sœur est juchée dans un arbre. Elle a jamais grimpé si haut. Même moi, je peux pas monter jusque-là.

— T'es malade! Descends de là tout de suite, ma petite maudite!

Elle répond pas, immobile en haut de l'arbre, les oreilles dans le vent, la tête dans les nuages.

— J'y vais, Jon dit.

Il s'élance. Je le rattrape par le bas de ses jeans au moment où il monte dans l'arbre où se trouve ma sœur.

— Laisse-la tranquille, compris ! Pour qui tu te prends ? Tu vas l'apeurer, la faire tomber. Je suis la seule à pouvoir l'approcher. Oiseau, descends de là ! Je t'en supplie.

— Je l'en crois incapable, Mona.

— On t'a rien demandé. Fiche-nous la paix. Descends de là, j'ai dit, Angélique !

Elle reste figée, le corps crispé. Elle ose même pas baisser la tête, seulement les yeux. J'attrape son regard au vol : elle est incapable de redescendre.

— Tu veux que j'aille te chercher, Angélique ? Jon demande.

— T'es fou, l'arbre va canter !

Ma sœur fait oui-s'il-te-plaît d'un clignement d'yeux. J'en reviens pas. Jon grimpe dans l'arbre, agile, un écureuil ! C'est à peine si les feuilles bougent. Le voilà en haut tout près de ma sœur. Impossible, il arrivera jamais à la décrocher de là. Elle s'agrippe au tronc de l'arbre, la sangsue. Il peut toujours essayer de l'amadouer, lui sortir ses plus beaux mots, je suis la seule qu'elle écoute. Il se met à la flatter : la grande main de Jon dans le dos de ma sœur. Il va l'effaroucher, l'imbécile ! Elle va se raidir, vouloir se dégager. Personne peut la toucher à part moi. Mais elle reste là sans réagir. À se laisser flatter. Sa petite main blanche glisse bientôt dans la grande main brune de Jon. Elle s'en remet à lui. J'en reviens pas. Il la supporte ici, ma sœur s'appuie là, les bras et les épaules de Jon lui servent de branches solides, le reste de son corps devient le véritable tronc par lequel Oiseau redescend.

Au pied de l'arbre : ils sont là, leurs mains soudées. Qu'est-ce qu'ils attendent, des félicitations ?

— Maudite marde, Angélique ! Tu veux te casser le cou une fois pour toutes ? C'est ça que tu veux ?

— Je veux être l'oiseau.

— Tu montes trop haut.

— Trop haut, c'est le ciel.

— Tu n'as pas besoin de monter si haut, Jon dit. Promets-moi que tu ne le referas plus, Angélique.

— À la condition que tu viennes me chercher si je le referais.

— D'accord, répond Jon.

Je peux pas m'empêcher de la reprendre.

— Si je le refais, Angélique.

La tête pleine de la promesse de Jon, le cœur blotti dans sa grande main, ma sœur marmonne :

— Si je le refais.

On sort du bois. Angélique et Jon devant, avec leurs mains qui décollent pas. Moi derrière. À quoi je sers ? Qui me tient la main, à moi ? On arrive devant chez lui, Jon reprend sa main. Il était temps.

— Il faut que j'y aille, Angélique. Au revoir, Mona.

Une petite main blanche reste en suspens avec ma sœur derrière.

— Allez, viens, Oiseau. On s'en va.

Pendant que Jon nous fait un dernier au revoir dans l'ouverture de la porte, une petite musique s'échappe de la maison, se faufile jusqu'à nous. Une petite musique inconnue des arbres du coin. Les feuilles se figent sur leurs branches. Elles ont déjà tremblé, soupiré aux quatre vents, jamais elles ont frémi à cette petite musique-là. Un vent sous le vent qui saisit à l'extérieur, ouvre une porte à l'intérieur. Le genre de musique que mes parents écoutent pas.

Oiseau tend l'oreille en se caressant la joue avec la main..., j'allais dire « la main de Jon ».

— Ça coule dans moi, murmure Oiseau, comme le ruisseau dans les bras du lac.

# Sept

## L'histoire qu'on choisit pas

Un livre. Il reste là, fermé. Il se mêle de
ses affaires, tu te mêles des tiennes. C'est
bien comme ça. Tu te crois à l'abri, tu
oublies d'être vigilant, par distraction, tu en
ouvres un, et bang! il te rentre dedans. Pas
n'importe quel livre; la plupart parlent à
côté, comme la prof. Non, le genre qui te
prend, t'attrape par une partie de toi que tu
connais pas, te grimpe si haut que tu veux
plus descendre. Ou tu peux plus. Ce que tu
vois est tellement possible, tu peux pas
t'empêcher de comparer. T'es ébloui à

l'intérieur, l'extérieur jure à côté. Dans ce livre-là, tout devient beau, sert à quelque chose. Je sais pas à quoi vraiment. À te faire des accroires, probablement. Une bombe à retardement ! Tu retombes de haut. C'est pas écrit sur la couverture, tu le sais jamais avant. Quand tu t'en aperçois, il est trop tard.

Ma bombe à retardement, je la trouve au pied de l'arbre en V à côté de notre roche. Je voulais pas revenir dans le coin au cas où Jon... Oiseau insistait, au cas où Jon... Elle l'espère, je la connais. J'ai fini par céder mais j'étais sur mes gardes. C'est notre lac, notre roche. On l'a trouvé avant lui. Il y a pas de place pour quelqu'un d'autre. Surtout pour lui.

Le livre de Jon ! Ma sœur le voit en premier, se penche pour le ramasser.

— Touche pas à ça !

Comme si le livre pouvait lui exploser en pleine face. Il fera pire, je sais pas comment. Je le sens.

Trop tard. Elle l'a déjà emporté. Je la rejoins sur la roche. Elle l'a déjà ouvert. En a sorti un papier, elle me l'agite devant les yeux :

— C'est à toi.

— Non, à Jon.

— Le livre oui, pas la feuille.

— Comment tu peux être sûre, tu sais pas lire ?

— Je sais regarder. Je t'ai vue écrire.

— C'est un vieux devoir.

— Il est tout grafigné.

— Ce sont les corrections de la prof avec son crayon rouge.

— C'est quoi « les corrections » ?

— Quand la prof est pas d'accord, enragée.

— Comme Matamore quand on essaie de le prendre dans nos bras ?

— Ça ressemble à ça.

— Tu voulais prendre la prof dans tes bras ?

— Tout le contraire.

— Je comprends pas.

— Moi non plus, Oiseau. Elle l'a pas aimé, mon poème. « Galimatias ! » elle a écrit.

— ... ?

— Galimatias, ça veut dire un paquet de niaiseries.

— Là, c'est sa bouche qui crie, à la prof ?

— C'est le zéro qu'elle m'a mis.

— Ton devoir, il parle de quoi ?

Pour lui changer les idées, lui faire oublier le livre de Jon, c'est juste un devoir après tout, je lis ; elle y comprendra rien.

## SAMEDI

Ma mère étend sa misère sur la corde à linge
Mon père prend une bière dans le frigidaire
S'allume devant la tévé
Je sais pas quoi faire, j'ai rien à faire
Je me regarde dans le miroir
Il y a des points noirs dans ma tête
Ma mère me dit : Occupe-toi de ta sœur
Es-tu sourde ? Déguédine ! répond mon père
Je sors dehors, je cherche ma sœur
Je la trouve encore en haut d'un arbre
Je lui dis : Descends de là tout de suite
Sinon je vais en manger une
Elle redescend : Je veux être l'oiseau, elle dit
Je la tape : Tu peux pas être l'oiseau
T'es Angélique
Tu peux pas être l'oiseau. Comprends-tu ça
Je la tape encore. Elle pleure même pas
Ça donne rien

Angélique se caresse la joue à mon bras :

— Ça nous ressemble. Pourquoi elle était pas-d'accord-enragée, la prof?

— Parce qu'elle déteste les vieux mots déflaboxés et pauvres comme nous autres.

— Il y en a d'autres? Elle montre un passage du livre : Là, qu'est-ce qui est écrit?

— On veut pas le savoir, Oiseau! C'est pas nos oignons.

— Moi, je veux!

— Ce livre nous appartient pas.

— Je suis sûre que Jon voudrait. Je vais l'appeler...

— Chut! D'accord.

— « D'accord »! Tu parles comme lui maintenant?

— Tu veux que je lise, oui ou non?

— D'accord!

Un livre de poèmes! Des vrais. Je m'en doutais. Les pires. Des mots bien habillés. Des mots qui se tiennent par la main dans la page. Qui racontent pas d'histoires, parlent pas de quelqu'un en particulier, ils se contentent de te tourner autour avec leurs sentiments. La première chose que tu sais, tu te retrouves tout nu au milieu de toi sans une histoire pour te couvrir, sans un seul personnage derrière lequel te cacher. Mais je peux pas faire autrement que de lui en lire un passage, à ma sœur, sinon elle va appeler Jon. Je lis, mais du bout des yeux, avec le reste tassé dans un petit coin de mon cerveau dur comme de la roche.

« Voyez-vous, nos enfants nous sont bien nécessaires,
Seigneur ; quand on a vu dans sa vie, un matin,
Au milieu des ennuis, des peines, des misères,
Et de l'ombre que fait sur nous notre destin,

Apparaître un enfant, tête chère et sacrée,
    Petit être joyeux,
Si beau, qu'on a cru voir s'ouvrir à son entrée,
    Une porte des cieux ;

Quand on a vu, seize ans, de cet autre soi-même
Croître la grâce aimable et la douce raison,
Lorsqu'on a reconnu que cet enfant qu'on aime
Fait le jour dans notre âme et dans notre maison,

Que c'est la seule joie ici-bas qui persiste
    De tout ce qu'on rêva... »

    Angélique rabat les mains sur ses oreilles, plisse son front, ses yeux, ses joues pour se barrer la tête.
    — Galimatias ! elle crie.

Là, je la vois tomber dans une grande flaque de vide au milieu d'elle.

Je garroche le livre dans le bois, le reste avec, dans le bois, le plus loin de nous autres possible.

— Je te l'avais dit, Oiseau, que c'était pas nos oignons.

# Huit

## Le reculons

Tellement on rit! On doit se mettre à trois pour l'aider à monter juqu'au siège, ma mère. On pousse, on pousse. Une baleine qu'on essayerait d'asseoir dans un camion. Si la baleine rit avec un baleineau dans sa bedaine en plus. Tellement on rit de l'entendre rire! On en profite. Le rire de maman, il faut le prendre quand il passe. Si rare. Soudain. Qui éclate dans un endroit d'elle qu'on connaît pas. Déboule dans sa gorge, la fait retomber, surprise, dans nos bras. Tellement on rit! On pousse encore, le rire de maman, il nous entraîne avec elle par la porte du camion entrouverte. Qui se referme.

Son dernier examen avant l'accouchement. « Ça nous fera une sortie en famille », a dit mon père. Angélique et moi, on aurait préféré s'épivarder dans la nature autour de la maison plutôt que de niaiser pendant des heures dans la salle d'attente de l'hôpital. Mais papa a prononcé le mot « famille » d'une certaine manière, avec le rire de maman en plus, on a voulu y croire.

Un nuage de poussière à ses trousses, le vieux camion bleu emporte son chargement de famille.

— Tu vas finir par nous tuer avec ton bazou. Il a même pas de reculons, ma mère dit.

— Pas besoin de reculons, ce qu'il faut, c'est avancer dans la vie, mon père répond. Oubliez jamais ça, les filles.

— Avancer où, elle dit.

— T'as quelque chose de mieux à proposer, ma femme ?

Avancer où ? Je le sais pas trop non plus. Comment on fait pour avancer sans se sauver ? Je pense au rouge-gorge. On l'a plus revu depuis. Quelque chose me dit qu'il viendra jamais au monde, ce bébé-là; un fou. C'est pas «une fille juste bonne pour rêver, se faire des accroires», comme dit mon père. C'est un gars, Angélique est sûre, je la crois. Il se fera pas avoir, le petit vli-meux. Mon père, lui, se fait jamais d'ac-croires, il s'imagine rien. Il gagne notre pain, de quoi nous mettre du linge sur le dos, réparer le toit au-dessus de nos têtes. Il fait ce qu'il y a à faire. Là, il conduit. Vite. Pour lui montrer, à ma mère, et à nous autres aussi. Je sais pas quoi, mais il nous le montre. C'est de ça que ma sœur a peur, pas des hauteurs. Elle craint pas de tomber en bas d'un arbre, mais d'être écrapoutie dans le vieux bazou de papa. Les yeux fermés bien durs, son bras s'incruste dans le mien, son corps, tout. Ma mère, elle, regarde ailleurs où on est pas, je suppose. Ailleurs, je sais pas où, et elle non plus, je mettrais ma main au feu.

En moi, le drame couve. Chaque fois. De l'autre bord de la courbe, il y a un pont. Rouillé, branlant. Chaque fois, je m'attends au pire. Je me prépare au cas où il tomberait pendant qu'on passe dessus. Papa et maman savent pas nager. Moi, je l'ai appris en imi-tant les grenouilles, dans le lac, avant qu'il commence à pourrir. J'ai eu toutes les misères du monde à le montrer à ma sœur.

— Je veux pas être grenouille, je veux être oiseau, elle disait.

— Si tu tombais dans l'eau, qu'est-ce que tu ferais ?

— Je volerais à la place

— Tu volerais avec quoi ? T'as même pas d'ailes.

— Pas besoin. Un bon jour, je vais être oiseau.

— Tant que t'es encore une personne, t'as intérêt à être un peu grenouille. Aimerais-tu ça, couler à pic au fond du lac pourri ? Ou finir poisson mangé par les castors ? Si t'apprends pas à nager, je t'emmènerai plus au lac caché. Ce sera tant pis pour toi, que je lui disais à ma sœur.

On sort de la courbe à toute vitesse. Le pont est bloqué : un camion s'est renversé, a perdu une partie de son chargement de bois. Mon père donne un coup de roue pour l'éviter, glisse dans le gravier à côté du pont. Le camion descend la pente, plus moyen de l'arrêter ni de trouver le reculons, il plonge avec nous autres dedans. L'eau entre par les fenêtres, le bazou cale. Mon père s'est assommé d'un côté, ma mère de l'autre.

— Allez, viens, Angélique, on décampe.

Les yeux arrêtés, l'esprit en retard, elle reste là.

— Viens vite, Oiseau, si tu viens pas, je te plante là. Tu vas finir poisson mort au fond du tas de choses molles gluantes qui collent. C'est ça que tu veux ?

Je l'attrape par la manche du vieux chandail à moi trop grand pour elle. Elle se fait légère, un bébé grenouille, on sort par la fenêtre juste avant que la rivière avale le camion de mon père avec ma mère dedans.

C'est peut-être vrai que « les filles sont bonnes juste pour rêver, se faire des accroires ». La preuve : ma sœur et moi, on se retrouve assises bien sagement dans la salle d'attente de l'hôpital. Tout le monde attend, comme de raison. Même la prof, qui s'adonne à être là, assise en face de nous. Elle peut pas faire autrement que de me parler, moi de lui répondre ; mais c'est du bout des lèvres.

— qu'est-ce que tu fais là
— j'attends ma mère
— je vois... c'est ta sœur
— oui
— je vois... ton père est pas là
— il est allé faire des commissions

— je vois... Ton amie Suson va bien ?

Elle hausse le ton dès qu'il s'agit de Suson. Moi aussi.

— C'est pas mon amie !

— je vois

— Elle peut pas voir, elle regarde même pas, dit Oiseau.

— Chut ! C'est ma prof.

— Pas-d'accord-enragée ?

— Pas si fort !

— Elle écoute pas non plus.

Fanfare de grincements de roues dans le corridor. La prof se lève, énervée dans le genre bon chien qui répond à l'appel. J'aurais jamais pu imaginer. Arrive un vieux monsieur dans une vieille chaise roulante poussée par une garde-malade qui le ramène dans la salle d'attente.

— Votre fille est là, dit la garde-malade.

La prof se garroche. C'est son père.

— Vous avez besoin d'un transport ? demande la garde-malade.

— On habite juste à côté.

Je reconnais pas sa voix, à la prof. On dirait celle d'une autre personne en dedans d'elle qui choisit pas.

— Ton examen s'est bien passé, papa ?

Pour toute réponse, il donne le signal

du départ d'un claquement de doigts. La fanfare reprend. Les yeux fixés au plancher qui serait un pont rouillé, branlant, la prof pousse sur la chaise. Le père salue tout le monde de la main en passant, le sourire sorti, le reste de la face hypocrite d'un personnage qui se croit important.

Oiseau ferme la parade. Elle s'est glissée derrière, petite ombre qui s'amuse à porter ses pieds sur les mêmes tuiles que la prof qui la voit pas et l'entend pas. Ils sortent de la salle d'attente. La fanfare s'éteint au bout du corridor. Je m'attends à ce qu'Angélique revienne dans la minute, elle revient pas. Longtemps. J'enfile le corridor jusqu'au hall d'entrée. Elle peut pas être sortie de l'hôpital, on a pas le droit. Papa apparaît au coin de la rue, maman au bout du corridor. Oiseau, où est-ce que t'es ? Reviens ! Je t'en prie.

Pour une fois, ma prière est exaucée. Le bras de ma sœur se glisse contre le mien. La petite serpent !

— D'où tu sors ?

Des miettes d'écorce sur sa robe ! Je l'époussette.

— Où est-ce que t'as encore grimpé ?

Ma mère arrive en retenant son ventre.

— Le médecin dit que c'est pour bientôt.

Ma sœur retient son souffle.

— Qu'est-ce qui est pour bientôt ?

Personne répond.

# Neuf

## Un pli sur la différence

Je revenais en bicycle. De nulle part. Je savais pas où aller. Je tournais en rond. Je me sauvais de Suson, entre autres. Chaque fois que sa mère part faire des commissions, je la vois scèner sur le bord du chemin. Ses yeux de poisson mort me cherchent, je veux pas qu'ils me trouvent.

— Il faut que je parle à ma sœur, j'ai dit.

Je me promenais dans le coin. Je tournais autour du pot. De la maison de Jon. Je me doutais bien qu'Angélique se trouvait dans les parages. C'est rendu qu'elle rôde plus souvent par là qu'au lac caché.

Dans la cour de leur maison! Je l'aperçois dans la cour de leur maison, la bouche pleine d'un biscuit que Jon vient de lui donner. Les doigts en plan sur sa machine à écrire, la mère sourit aux sparages de ma sœur. Elle se défonce les yeux, ma sœur, à essayer de contenir ces plantes, ces fleurs dont les couleurs s'appellent, elle se défonce les oreilles à essayer de contenir ces notes qui débordent des moustiquaires. Une musique qui court, se rattrape, se cache pour mieux rebondir. Soudain, ma sœur s'échappe d'elle, du corps que je connais, court, se rattrape, se cache pour mieux rebondir dans le jardin, Jon avec elle. La mère rit. Rit.

On n'a pas le droit! J'essaie d'attirer son attention, de l'obliger à sortir de là. Elle fait semblant de pas me voir. Tellement que la mère de Jon s'en aperçoit.

— Tu veux baisser le volume, chéri?

Jon « chéri » rentre dans la maison, baisse la musique. Ma sœur reste la patte en l'air sur son nuage de fleurs, de couleurs, du rire de la mère de Jon. Moi, je suis coincée au milieu du silence.

— Maman te demande, que je dis pour m'en sortir.

— Pourquoi faire ?

— Parce que. Viens-t'en !

— Tu reviendras nous voir, Angélique. Quand tu voudras, dit la mère de Jon.

Jon ressort de la maison.

— Maman, je te présente Mona. Le poème, c'est elle.

— Tu as du talent, Mona.

— J'ai eu zéro.

— Je sais. Ne t'en préoccupe pas. Tu en as écrit d'autres ?

— ...

— Maman fait de la traduction, il dit, Jon. De roman, de poésie. Elle s'y connaît. À plus tard.

Jon s'en va à l'épicerie livrer les commandes, si je comprends bien.

— Sois prudent, mon ange.

Ma sœur étouffe un rire.

— Qu'est-ce qui est drôle ? demande la mère de Jon.

— Un ange, c'est toujours blanc.

— Tu crois ?

Jon et sa mère éclatent de rire.

— Je suis sûr que t'en as jamais vu un rouler à bicyclette non plus. Regarde bien !

L'ange noir part en bicycle, à bicyclette, je veux dire, sans savoir que des diables tout blancs l'attendent au tournant.

Ma sœur reste là. J'attendrai pas qu'elle prenne racine.

— Faut qu'on s'en aille, Angélique. Maman nous appelle. Papa aussi.

— Menteuse, il est même pas là.

— Tu reviendras, Angélique. Toi aussi, Mona. Vous êtes toujours les bienvenues.

Ma sœur sort du jardin en courant.

— Menteuse ! c'est même pas vrai. Elle nous appelle jamais. Je vais le dire à maman.

— Moi, je vais dire à papa que tu viens ici, d'abord.

Elle s'arrête net. Grimpe dans le premier arbre.

— O.K. Oiseau, si tu le dis pas, je le dirai pas non plus.

Ah et puis, j'en ai assez d'être la gardienne de ma sœur. Je la plante là. Tant pis pour elle ! Je remonte à la maison. Maman balaye. Fort. La poussière et le reste avec, on dirait.

— C'est toi, Mona.

— J'ai oublié quelque chose.

— À quoi ça sert. On balaye et deux minutes après, la poussière est revenue.

— Veux-tu que je le fasse ?

— Occupe-toi de ta sœur à la place.

Je glisse le cahier qui me reste de l'école sous l'élastique de ma culotte. Lisse ma jupe du plat de la main. Cache au fond de ma poche un petit trognon de crayon. Ressors de la maison par en arrière. Là, j'entends le père de Suson crier.

— Où est ma fille ? Est-ce que quelqu'un a vu ma fille ? Suson !

Il peut bien la chercher et jamais la retrouver, ça me fait pas un pli sur la différence. De toute façon, elle doit pas être loin. Mettons que j'ai rien entendu, je me sauve au lac caché. Je monte sur la roche, j'ouvre le cahier. Les pages de l'effrontée, je les avais oubliées ! Je les arrache. Je sais pas où les jeter, je les déchire en petits morceaux, les fourre dans ma poche, je vais les manger un par un comme des hosties. Je sors mon crayon. « Tu as du talent », elle a dit, la mère de Jon.

Toutes ces phrases qui s'écrivent dans ma tête, à cœur de jour, je parviens pas à en mettre une seule sur la page. Pas une seule qui sorte de ma tête sans ratures, sans un « galimatias » dans la marge. Griffées au sang avant même d'aboutir sur le papier, mes phrases. Il y a trop de dangers.

Du cafouillis dans le silence. C'est Angélique qui arrive à bout de souffle.

— Tout le monde cherche... Poisson mort a disparu... Jon... toi... tout le monde... Moi aussi d'abord !

# Dix

## Le futur antérieur

Quand le loup arrive, ou le renard ou n'importe quoi qui veut le manger, le castor ferme ses yeux, son nez, sa bouche, tout et plonge dans l'eau. Il est un peu poisson, le castor, grenouille aussi mais pas oiseau. Il peut garder sa respiration longtemps, longtemps, plus même. La mère de Jon l'a dit. Elle a un livre sur les castors, la mère de Jon. Il nage en dessous de l'eau, le castor, il nage de toutes ses forces, jusqu'à sa maison en dessous de l'eau. « Quand le loup sera parti, ou le renard, ou n'importe quoi qui veut me manger, je sortirai, pas avant », il pense, le castor.

Si je comprends bien ce que raconte ma sœur d'une traite, les yeux fermés, les oreilles rabattues pour rien oublier. Elle sort la tête de son histoire, reprend son souffle.

— Il a rien fait, Jon. Je le sais. Je l'ai vu du haut de l'arbre. Il s'est juste caché dans le bois. Il a rien fait. Je l'ai pas vu rien faire, j'étais descendue. Je le sais quand même. Poisson mort se sauvait dans le bois en arrière de sa maison. Je l'ai vue, puis je l'ai plus vue. L'arbre était pas assez haut. Tu le diras à la police. Je veux pas aller en prison. Et toi non plus. Jon non plus. Tu le diras ! Tu le diras !

— Fais pas cet air-là, Oiseau. J'ai rien fait.

— Quelqu'un l'a fait !

— Qui ? A fait quoi ?

— Un malheur à Poisson mort. C'est pas Jon !

— T'inquiète pas. Poisson mort doit être partie magasiner avec sa mère, sans que son père le sache.

— Non !

— Et Jon travaillait à l'épicerie.

— Il se cachait dans le bois !

— Il a dû s'arrêter derrière un arbre pour faire pipi.

— Je l'ai pas vu le faire.

— J'espère bien.

— Si je l'avais vu, j'aurais pas regardé, tu sauras ! On va rester ici pour pas que le père de Poisson mort et la police nous trouvent.

— Le père de Suson et la police, c'est la même personne. Comprends donc, Angélique ! La seule différence, c'est la casquette.

— Le père de Suson, il l'aura sa casquette et il nous mettra en prison.

— Dis pas de bêtises. On a rien fait.

— Jon non plus.

— Viens, Oiseau, on rentre, il commence à faire noir.

— Même toi, tu me crois pas. Je reste ici !

— Les animaux de la nuit vont arriver.

— J'ai pas peur d'eux.

— Si tu rencontres un loup ou un renard, qu'est-ce que tu feras ?

— Je grimperai si haut dans un arbre. Je descendrai pas avant qu'il s'en aille.

— T'as promis à Jon de plus grimper si haut.

— Il a promis de venir me chercher si je grimpais si haut.

— Si les castors coupent l'arbre pour réparer leur digue avant que Jon revienne ?

— Les castors pourraient pas, ils se seraient sauvés sous l'eau quand le renard ou le loup serait arrivé. Moi aussi d'abord, c'est ça que je ferais !

Elle ferme la bouche et se pince le nez pour savoir pendant combien de temps elle peut retenir sa respiration. Vite, elle devient rouge comme une baloune, sa bouche s'ouvre d'un coup, l'air entre dans ses poumons si soudainement que Oiseau éclate. Elle qui pleure jamais. Elle pleure, un vrai bébé. Un bébé qui viendrait d'être chassé du ventre de sa mère. « Quand le bébé sort de toi, m'a déjà dit ma mère, il est choqué noir et il te fait une de ces crises. Pendant qu'il reprend son souffle sur ton ventre, il te regarde droit dans les yeux l'air de dire : "Tu vas me le payer, ma maudite." Tous les bébés font ça. À part ta sœur. Elle voulait pas sortir, elle s'agrippait. Quand le médecin a réussi à la sortir de moi, elle a pas pleuré, rien, elle m'a même pas regardée. J'aurais dû me douter qu'elle était pas normale. »

J'essaye de la consoler.

— Arrête de pleurer.

— Je suis pas capable.

— Pourquoi tu pleures ?

— Je sais pas.

— Tu pleures à fendre l'âme et tu sais pas pourquoi.

— Ça doit être elle.

— Qui ça, Oiseau ?

— L'âme en peine.

— Penses-tu que les castors pleurent des fois ?

— Non ! Sont pas pissous, les castors. Toi non plus.

— Moi, je pleure des fois.

— Je te vois jamais.

— Ça m'empêche pas.

— Peut-être que les castors, ils pleurent dans l'eau pour que personne s'en aperçoit.

— S'en aperçoive, Oiseau.

Je la prends dans mes bras, un petit paquet d'âme humide qui tremble un peu. Elle aimerait mieux les bras de l'autre, de la « maudite », mais elle est trop jeune pour le savoir. Ce qu'on sait pas nous fait pas mal, mes parents disent. Et on reprend le chemin du retour.

La lumière brillait plus fort que d'habitude dans les trois maisons, une lumière criarde qui s'entendait de loin. Chez Jon, aucune musique, seulement l'ombre de sa mère qui poussait la lumière d'un bord à l'autre de la maison, trouait la fenêtre, secouait le téléphone pour qu'il sonne.

La mère de Suson se rongeait les sangs sur le perron de sa maison balayée par les phares des autos qui arrivaient remplies d'hommes pour une battue. À l'endroit de notre maison, une lumière clignotante a traversé le nuage de poussière : mon père sortait avec sa lampe routière pour participer aux recherches.

— Où est-ce que vous étiez ? Qu'est-ce que vous faisiez ?

— On a pas vu l'heure, j'ai dit.

— Tu saurais pas où est Suson par hasard ? Tout le monde la cherche.

— On l'a pas vue.

— Le Nègre non plus, je suppose ?

C'est vrai que dit sur ce ton-là, le mot « Nègre »...

— Non plus.

— Cache-toi pas derrière la jupe de ta sœur, Angélique. Matamore t'a mangé la langue ?

Oiseau se bouche le nez, les yeux, la bouche, et plonge dans le nuage de poussière en direction de la maison. Moi aussi.

— Tu parles d'une heure pour rentrer. Je me fends la face pour faire à souper. Tant pis pour vous autres si c'est froid.

Maman nous sert et va s'asseoir sur la chaise berçante. Elle se berce même pas. Oiseau et moi, on a pas tellement faim, mais on mange en silence. J'allais dire : on mange le silence. Ça revient au même. À part que du silence, il en reste tout le temps.

# Onze

## Le ciel tombe à côté

Elle pense : « Non... Non... » Il dira : « Oui. Oui. » avec ses yeux. Elle pense : « Je veux plus... je peux plus... » Il dira : « Allez, viens par là ! » avec ses yeux qui indiquent le chemin. Elle tend l'oreille : pas un bruit, c'est signe qu'il arrive. Son corps le sait, ses genoux flanchent, le cœur lui manque : « Au secours, quelqu'un ? » Personne.

Ouvrir la porte, s'échapper d'elle. Le jour se sauve, les fenêtres, les murs, sa robe neuve, ses beaux souliers qui ont nulle part où aller. Elle court derrière ses beaux souliers dans le bois qui se sauve. Le ciel si

bleu regarde. Écureuils, mulots se taisent.
S'écrasent les fourmis et ce qui rampe sous
ses pas. Craquent les branches laissées pour
mortes, les feuilles, la terre. Éraflés, ses souliers neufs. Déchirée, sa belle robe neuve.
Ses cheveux qui se bousculent devant sa
face. Ses yeux bouchés de larmes : « Je veux
sortir. » Le ciel tombe à côté.

Ils l'ont trouvée près du ravin, ratatinée
dans le petit matin. Ses grands yeux bleus
sont délavés, ses beaux cheveux blonds,
tout cotonnés. Son père l'a ramassée, une
vieille poupée déflaboxée. La face craquée.
Les lèvres en plâtre.

— Qui t'a fait ça ? Dis-le à papa ! Qui t'a
fait ça ? Attends que je l'attrape ! Le petit
torrieux !

Non loin de là, se trouvait Jon, les bras,
la face en sang, caché dans un buisson près
du chemin. Là où il passe jamais personne à
part les habitants des trois maisons ; c'était
pas l'heure. En route pour l'épicerie, il était
descendu de son bicy... de sa bicyclette pour
faire pipi derrière un arbre. Les deux tarlais
de Sigouin l'attendaient, ou ils m'attendaient moi, peut-être, avec chacun un gros
bâton. Ils l'ont pogné les culottes baissées.

— Tiquiss... tiquiss...

Jon, il a pas le droit de se battre. Défense absolue !

— Je ne le supporterais pas. Promets-le-moi, Jon ! lui aurait dit sa mère.

— Papa croit que, parfois, on ne peut pas faire autrement que de se défendre, Jon aurait répondu.

— On peut toujours faire autrement. Promets-le-moi, Jon. Promets-le-moi !

Elle aurait tellement insisté, sa mère, les larmes qui coulent, le cœur serré, il aurait cédé, Jon, il aurait promis. Il pouvait pas faire autrement. Il est noir, s'il fallait qu'il se batte en plus.

— Peace, les gars, il a dit, Jon, en remontant son zip.

— Pisse, toi-même, un des Sigouin a répondu. Tu veux la lui mettre avant nous autres, ta grosse queue, à Mona, han ?

— Oui, c'est ça. Tu veux la mettre avant tout le monde. Peut-être même que c'est déjà fait, a ajouté l'autre.

— Ouan, c'est tout ce qu'elle mérite, se la faire mettre par un Nègre, cette chienne sale là.

Jon a vu rouge, a sauté sur les Sigouin. Ils se sont tapés dessus jusqu'à ce qu'ils entendent un bruit d'auto. Les Sigouin ont disparu dans la nature, laissant Jon par terre. Il a vu l'auto de police passer. Il pouvait pas demander de l'aide. Il fallait qu'il reste caché. Il avait pas su faire autrement, il pouvait pas revenir, rentrer à la maison.

La police l'a pas cru.

— Quelqu'un l'a touchée. Le docteur l'a dit aux parents de Suson à l'hôpital.

— L'a touchée où ? demande Angélique.

— Là où il faut pas, répond mon père. Tu peux pas comprendre. Vous êtes sûres qu'il vous a pas touchées, l'animal ?

Vite, ma sœur cache sa main, « la main de Jon », derrière son dos.

— Vous êtes sûres ? S'il vous a touchées, je le tue.

— Arrête de les achaler avec ça. On a déjà assez de problèmes, dit maman écrasée dans le fauteuil en dessous de sa grosse bedaine.

— C'est qui l'écœurant ? Dis-le, Suson, a demandé la police.

Elle l'a pas dit.

Son père a enlevé sa casquette, je suppose.

— Dis-le que c'est le Nègre. Dis-le, Suson ! Dis-le que c'est lui ! Dis-le à ton père.

Elle l'a dit.

Le père a remis sa casquette pour aller arrêter Jon. À travers la vitre de l'auto de police, Oiseau et moi, on a vu les yeux apeurés de Jon, sa tête pesante dans ses mains, disparaître dans un nuage de poussière.

Sur le bord du chemin.

On restait là, les bras ballants. Sur le bord du chemin. Qu'est-ce qu'on pouvait faire, c'était pas de nos affaires. Je le connais à peine, ce gars-là. C'est comme pour Suson. Je lui dois rien. Toujours là à se pavaner, à faire sa fraîche.

— Il a rien fait, Jon. Dis-leur, Mona, qu'il a rien fait.

— Je peux pas le savoir.

— Moi, oui.

— Mademoiselle je-sais-tout !

— Je sais pas tout, tu sauras. Si j'avais su, j'aurais pas descendu de l'arbre. J'aurais attendu de le voir rien faire.

— Il va revenir, Oiseau. S'il a rien fait, ils vont finir par s'en rendre compte. De toute façon, on s'en fiche pas mal.

— On s'en fiche pas.

— Oui !

— Non ! Pourquoi on pleure, d'abord ? Dis-le, Mona. Dis-le !

— Je pleure pas, c'est la poussière. Arrête de m'énerver aussi. Toujours en train de me suivre partout, de me casser la tête avec tes questions. Je comprends rien à rien. Comprends-tu ça, Oiseau ?

— Moi, je comprends rien à tout.

Elle s'effoire par terre au bord du chemin, s'enroule, petite chenille, autour de son pouce, la seule branche disponible.

— Reste pas là, Angélique. On va aller au lac caché, prendre l'air.

— Ça me tente pas.

— Tu veux aller où d'abord ?

— …

— On peut pas rester là sur le bord du chemin.

Elle fixe le ciel.

# Douze

## Je joue plus

Cri de mort.

Oiseau et moi, on se ramène en vitesse à la maison.

Maman est sur le point d'accoucher. «D'acheter», mon père dit, comme dans l'ancien temps, il sait pas pourquoi. Acheter quoi? à qui? à quel prix? Mon idée est faite. «Tu vas pas te laisser avoir et sortir de là, bébé. Tu te rends pas compte. La vie, c'est un livre. Il y en a une qui te tombe dessus. N'importe quelle vie. Impossible de prévoir ce qu'il y a dedans. T'as pas le droit de la lire avant de l'acheter. Tu la payes cher, tu peux pas l'échanger après, elle est usagée, on remet pas l'argent. Il y a des taches dessus, les pages sont retroussées dans les coins. Qui en voudrait ? Même pas toi-même », je lui dis, au petit, dans ma tête.

— Mona, appelle ton père. Vite.

Je téléphone à son ouvrage. Ils vont l'avertir. Il s'en vient.

Toutes les deux ou trois minutes, maman lâche un cri de mort, les yeux à l'envers.

— Ça fait trop mal.

Je lui mets une serviette d'eau froide sur le front.

— Papa s'en vient. Papa s'en vient.

— Maman, maman, meurs pas, je veux pas ! supplie ma sœur.

Tassée dans le gros fauteuil, elle fourre ses jambes, sa tête sous le vieux chandail à moi trop grand pour elle, se bouche les oreilles.

Papa arrive, on pousse maman et le bébé à naître dans le camion. Personne rit. Pas moyen de trouver le reculons, mon père sera obligé de faire le tour de la maison.

— Surveille ta sœur.

Trop de poussière. On a pas le choix de rentrer. On les regarde partir, chacune de notre côté de la fenêtre. On attend. On attend que la poussière retombe, j'imagine. Elle retombe partout, sauf entre nous, dans le jet de lumière qui coule de la vitre.

— Elle mourra pas, Oiseau.

— Pourquoi ça fait trop mal ?

— Quand de la vie arrive sur la terre, elle passe pas inaperçue, on dirait.

— Ça fait mal quand elle passe, la vie ?

— Ça doit.

— Après aussi.

— Qu'est-ce que t'as le goût de faire en attendant ?

— L'oiseau.

— Ça suffit, Angélique ! Tu veux que je t'attache après la patte du poêle, que je t'embarre dans la maison ? C'est ça que tu veux ?

— Je veux aller chez Jon, d'abord.

— Il est pas là.

— Sa mère est là.

— On peut pas.

— Pourquoi ?

— Parce qu'on peut pas.

— Personne le saura.

— D'accord. Mais à la condition qu'on entre pas dans la cour, qu'on reste derrière le bosquet.

De drôles de nuages couvrent le ciel. Pas des nuages d'orage «gros foncé», dit Angélique, mais des nuages «de rien petit pâle». Aucun pli, creux, bosse, que du rien étalé à perte de vue. Un ciel éteint. Les trois maisons aussi. La nôtre, la plupart du temps, pour économiser l'électricité. Celle de Suson garde ses rideaux tirés, ses stores baissés. On l'a pas revue, Suson, depuis; elle a besoin de se reposer, il paraît. Elle passe ses journées dans sa chambre. On entend sa voix se plaindre «haut percée», dit Angélique. Plusieurs fois par jour.

— Maman...

Sa mère dit pas : «oui oui» pour replonger dans sa romance. Elle lit plus, je crois. Je la vois pas tourner les pages. La plupart du temps, son livre, elle l'ouvre même pas. La romance traîne par terre à côté de sa chaise pleine de peau laissée pour compte. Je la vois qui pense, qui pense, les yeux échappés. En attendant de monter dans la chambre, plusieurs fois par jour, dès que Suson l'appelle.

Éteinte aussi, la maison de Jon, et qui tremble un peu. À nos yeux en tout cas. Sa mère doit se ronger les sangs à l'intérieur, son auto bouge pas de l'entrée. La mère de Jon, je l'imagine couchée en travers de son lit, désespérée, ce serait son genre.

Accroupies derrière le bosquet, on écornifle pour essayer de l'apercevoir. Rien. Elle arrive par où on l'attendait pas. Du bois, derrière nous. Dans la main, le livre de Jon, qu'il a perdu, qu'on a retrouvé, que j'ai garroché le plus loin possible. Elle dit pas : Qu'est-ce que vous faites ? Elle nous parle comme si c'était normal qu'on soit là.

— Le livre que Jon cherchait partout.

Elle l'a trouvé, elle aussi ; le lac caché, je veux dire. Le livre aussi, bien sûr. Si tout le monde le trouve, il sera plus caché, le lac.

— « Voyez-vous, nos enfants nous sont bien nécessaires, / Seigneur ; quand on a vu dans sa vie, un matin / Au milieu des ennuis, des peines, des misères, / Et de l'ombre que fait sur nous notre destin, / Apparaître un enfant, tête chère et sacrée / Petit être joyeux, / Si beau, qu'on a cru voir s'ouvrir à son entrée, / Une porte des cieux. Quand on a vu, seize ans, de cet autre soi-même / Croître la grâce aimable et la douce raison, / Lorsqu'on a reconnu que cet enfant qu'on aime / Que c'est la seule joie ici-bas qui persiste / De tout ce qu'on rêva... »

Oiseau nous débite ça. Une vraie machine ! J'en reviens pas.

— Depuis quand tu sais lire ?

— Je sais pas.

— Comment t'as fait pour l'apprendre, le poème, alors ?

— J'ai fermé les oreilles trop tard quand tu l'as lu.

— « De tout ce qu'on rêva / Considérez que c'est une chose bien triste / De le voir qui s'en va ! » C'est la fin du poème, dit la mère de Jon.

Sa voix tremble. Sa main surtout quand elle me remet le livre.

— J'ignorais que Jon te l'avait prêté.

J'arriverai pas à m'en débarrasser. À la première occasion, je vais l'enterrer sous un tas de pierres et de branches où personne le trouvera.

— Il a rien fait Jon ! dit Angélique.

— Je sais, mon poussin, répond la mère de Jon.

« Mon poussin... mon poussin... » Ma sœur jongle avec les mots inespérés qui revolent joyeux, se rattrapent léger. Je les entends qui rebondissent doux contre son cœur.

— Je le jure qu'il a rien fait.

— Encore faut-il que la police le croie. La jeune Suson répète qu'il est coupable, j'ignore pourquoi. Il ne l'a pas touchée. Mon fils n'aurait jamais fait une chose pareille. Pas mon gars, mon bébé. Il admet seulement s'être battu contre les deux garçons. Je le lui avais pourtant défendu, on ne se bat pas, on se parle, on s'explique.

— Il avait pas le choix, je dis, les deux Sigouin, c'est des tarlais.

— Des quoi ?

— Des affreux. Pas parlables.

— Ils nient tout, eux aussi.

Des larmes roulent, brillantes, sur son visage sombre. Son cœur plein à craquer de l'absence de Jon.

# Treize

## L'angle mort

Des arbres ! Si j'étais un arbre, lequel je serais ? Ma sœur dit souvent qu'elle serait l'arbre le plus haut de la terre. « Qui grimpe dans l'air, par-dessus les nuages, de l'autre bord du ciel où il fait toujours beau. Où le rouge-gorge s'est en allé. Peut-être. »

Moi, je serais la petite graine d'arbre cachée dans le tapis de mousse sur le dessus d'une pierre, qui se ferait pousser sans dire un mot. Un jour, je me montrerais ; je serais indéracinable. C'est ça que je serais.

Le plus haut des arbres ! Angélique a choisi l'arbre le plus haut des environs.

Même l'échelle des pompiers se rend pas jusque-là. Pendant qu'un bébé frère se fraye un passage à travers ma mère, un petit paquet de sœur cherche la sortie en haut d'un arbre le long du chemin, où tout le monde peut la voir, mais pas la faire redescendre.

J'étais au téléphone avec mon père. Je l'ai vue prendre le bord du chemin, j'ai pensé : Elle ira pas loin, je vais vite la rattraper.

— Ça y est ! Un beau gros garçon ! Ta mère va bien. Vous vous débrouillez pas trop mal, vous deux ?

— Pas trop mal.

— Un vrai gars ! si tu le voyais ! Tu prends soin de ta sœur, ma chouette ?

— Oui.

« Ma chouette » ! Qu'est-ce qui lui prend ?

— Ta mère sort de l'hôpital après-demain. J'arriverai pas tard.

Quand ça y est quelque part, ça se gâte ailleurs, il faut croire. C'est le père de Suson ou la police – je sais pas s'il portait ou non sa casquette – qui l'a aperçue au milieu de l'arbre.

— Qu'est-ce que tu fais ? Descends de là, fille, c'est dangereux !

Ma sœur a continué de grimper. « Une petite bête qui aurait le feu aux trousses », le père de Suson a dit.

Il la portait pas, sa casquette, puisqu'il l'a mise, je m'en souviens maintenant, quand papa est arrivé au pied de l'arbre. Un peuplier. De tous les arbres, ma sœur préfère les peupliers. « Ils poussent trop maigres, personne peut grimper dedans, ils fendent le vent en route pour le ciel, juste les oiseaux peuvent grimper dedans. »

— La petite vlimeuse ! Elle peut pas me faire ça. La petite vlimeuse. Où est-ce que t'étais, Mona ?

— Au téléphone.

— Au téléphone ! Mademoiselle était au téléphone. Avec qui ?

— Avec toi. Quand t'as appelé de l'hôpital.

— Fais quelque chose, bonyieu ! Qu'est-ce que t'attends ? Il y a juste toi qu'elle écoute.

Mon imbécile de sœur ! Si je pouvais lui mettre la main au collet, elle en mangerait toute une. J'ai beau la supplier de redescendre, papa, lui crier les pires bêtises, le père de Suson, la police, je devrais dire, la menacer de secouer l'arbre pour la faire tomber comme une cocotte, Oiseau se cramponne, la tête haut perchée.

Au pied de leur échelle trop courte, les gros taupins de pompiers se grattent la tête. Certains essayent de monter le reste de l'arbre à bras-le-corps. Dès qu'ils atteignent le milieu, l'arbre se met à canter. Tout le monde panique. À part Angélique, les oreilles bouchées par en dedans, sa bulle d'oiseau tricotée serrée autour d'elle, le regard en route pour le ciel.

Arrivent des gens de la ville qu'on connaît pas. Puis la prof que je connais trop. Elle vient encore pour m'engueuler, je suppose. Me faire sentir coupable, brasser de la marde, semer de la honte. Je m'arrange pour pas la voir, les portes barrées, les vitres remontées, je la tiens en dehors de mon champ de vision, dans l'angle mort. Elle doit le sentir, elle me regarde pas, ni personne d'autre, à part mon imbécile de sœur en haut de l'arbre, les pieds en équilibre sur la dernière branche, indifférente à ce qui se passe en bas, le regard accroché aux nuages, à tenter d'évaluer la distance de là jusqu'au ciel.

Soudain, Angélique détache un bras du tronc, tout le monde retient son souffle.

Je crie :

— Angélique. Non ! Fais pas l'oiseau. Saute pas. Je t'en supplie, Angélique. Laisse-moi pas toute seule !

— Elle le ferait pas, suffoque mon père. Il manquerait plus que ça. Mona, dis-moi qu'elle le ferait pas !

— Elle peut pas savoir que la vie continue pas de l'autre bord du ciel, elle a juste une cervelle de moineau !

Angélique sort un objet coincé sous sa ceinture. Je vois pas ce que c'est. Quelque chose de blanc tourbillonne pour atterrir au milieu du chemin. On se garroche pour le ramasser. Je reconnais la première page du livre de Jon avec son nom inscrit dessus ; en dessous du sien, écrit en lettres tremblées, celui de ma sœur. Me semblait qu'elle savait pas écrire. Les gens se passent la page sans comprendre. Même la prof. Quand elle aboutit dans les mains de mon père, il m'apostrophe.

— C'est quoi, ça ?

— La page d'un livre.

— Je suis pas fou. Je vois bien que c'est la page d'un livre. D'où il vient, ce livre-là ?

— On l'a trouvé.

— Qu'est-ce que le nom de ta sœur fait à côté de celui de l'autre, du Nègre ?

— Je sais pas. Il s'appelle Jon.

— On en reparlera, ma fille. En attendant, tu la convaincs de descendre de là. Tout de suite à part ça ! Sinon...

— Elle peut pas redescendre. Il faudrait que Jon aille la chercher.

— Comment ça « aille la chercher » ? Pourquoi il irait la chercher ?

— Lui, il peut. Il l'a déjà fait dans un arbre presque aussi haut.

— Es-tu en train de me dire que lui et vous autres... Mes petites maudites, je vous l'avais défendu. Tu mets des enfants au monde et, à la première occasion, ils se jettent dans la gueule du loup.

— Là où je vais le faire enfermer, il pourra plus rien faire, le petit torrieux, je te le garantis ! dit la police en ajustant sa casquette.

Ma sœur se met à détacher les pages du livre, l'une après l'autre, les laisse tomber, petits oiseaux de mots qui tourbillonnent mollement avant de piquer du nez. Comme tout ce qu'ils savent faire. À la fin, c'est la couverture du livre qui prend le bord pour aller s'effoirer sur un sapin. Angélique relance son regard en l'air en attendant que la porte des nuages s'ouvre.

# Quatorze

## Le jupon de la vie en rose

Parfois, croit Angélique, le soleil se tanne, il se dit : « Aujourd'hui j'ai pas envie, je reste couché, le monde est trop concombre. » Ça fait que tout le monde pâtit, même les tomates. Le ciel reste vide, c'est pas une vraie journée, on peut rien faire, faut attendre que le soleil revienne. Ou quelque chose du genre.

C'était pas une vraie journée. Heureusement ! La noirceur s'est installée. Je me demande d'où elle sort, celle-là. De partout, je suppose : des arbres, des plantes, de la terre, de nous surtout. Elle est jamais bien loin. Le ciel restait vide, c'était pas une vraie nuit non plus. Qu'est-ce qu'il y a de vrai finalement ? Même pas moi. Si j'étais vraie, je sais pas ce que je ferais. Ça sert à quoi.

De temps en temps, les pompiers, la police, des gens bien intentionnés parlent à ma sœur, la supplient, la menacent, lui disent n'importe quoi qu'elle écoute pas. De peur qu'elle s'endorme, ils ont braqué un projecteur sur elle. On se croirait au ciné-parc. Ils ont cherché un moyen de la descendre de là. Un hélicoptère ? C'est trop dangereux. Mon père a eu l'idée de louer un échafaudage ; mais à l'approche des vacances de la construction, il y en a pas de disponible. Il est allé essayer de convaincre le propriétaire de la compagnie de location que c'était une question de vie ou de mort. Il fera le tour de la province, en volera un s'il le faut.

L'autre, la prof, une vraie maniaque, s'échine à rapailler les pages du livre, les remet en ordre, cherche celles qui manquent, lit des passages au hasard, elle voudrait bien récupérer la couverture effoirée sur le sapin mais sait pas comment sans se salir, s'écorcher les mains, abîmer ses vêtements. Pendant ce temps-là, elle m'achale pas.

La plupart des gens finissent par s'endormir dans leur auto. Le drame s'éternise sur l'écran. Pourvu que le soleil se relève pas ! Je prie pour que le soleil se relève pas, ça donnerait raison à ma sœur, pour un fois. Je sais bien qu'il se lèvera, je suis pas innocente à ce point-là, mais je prie pour que les nuages continuent de boucher les yeux de ma sœur.

Les prières, surtout les miennes, ont jamais empêché la terre de tourner. Le petit matin se ramène. Par une fente pas plus grosse qu'un trou de serrure, une lueur rose se faufile à travers les nuages jusque dans les yeux de ma sœur. Je la sens vibrer. Comme de raison.

Les pompiers se décrottent les yeux. En dessous de son casque, la police sursaute, se défripe la face.

— Tiens bon, la petite, ton père devrait pas tarder. Décourage-toi pas, on va te descendre de là. T'auras bientôt les pieds sur terre.

Ça l'encourage pas. Au contraire, je sens sa volonté se durcir ; ma sœur attend juste que la porte des nuages soit ouverte pour sauter dedans.

Échevelée, le bord de sa jupe décousu, la prof s'approche de l'arbre où se trouve ma sœur, ouvre la bouche, la referme, avale sa salive. Elle peut bien la retourner sept fois avant de parler, sa langue, et s'étrangler avec. Elle peut bien se noyer dans sa salive, c'est tout ce qu'elle mérite. Ses jointures sont blanches à force de s'agripper au livre défuntisé de Jon.

Au bout du compte, un filet de voix sort de sa bouche : un S.O.S. qui serait perdu dans la tourmente :

— le... gélique... faut... tu... ce... que... té.

Je gage que la prof, elle-même, l'a pas entendu. Elle le répète en élevant la voix jusqu'à ce qu'il parvienne aux oreilles de ma sœur :

— Dis-le, Angélique. Il faut que tu dises ce que tu m'as raconté.

Ma sœur serre les lèvres : Si je le dis, je vais en enfer.

Pour qui elle se prend ? Je l'apostrophe :

— Qu'est-ce qu'elle a dit, ma sœur ! Quand elle l'a dit ! De quel droit vous la connaissez !

— Pas ici, Mona.

Elle veut m'entraîner à l'écart. C'était pas des questions, ses réponses m'intéressent pas. Je sors les griffes.

— Je vous laisserai pas.

Elle garde les siennes rentrées, l'hypocrite.

— Mona, je t'en prie, il faut qu'on parle. Viens.

J'ai pas le choix, quand la prof donne un ordre, le monde s'attend à ce que tu obéisses, c'est la prof.

— Mona, écoute-moi. Fais-le pour ta sœur.

Ses yeux me cherchent, c'est nouveau, je suis pas sûre de vouloir qu'ils me trouvent. Elle en profite.

— Tu te souviens du jour où on s'est rencontrées à l'hôpital ?

— J'y tiens pas particulièrement.

— Ensuite, je suis rentrée à la maison, avec mon père. Je dois en prendre soin, tu comprends. Depuis la mort de maman, il a perdu l'usage de ses jambes ; les médecins trouvent pas ce qu'il a.

Elle sort un kleenex. Je lui fais un de ces airs : Tu vas pas me raconter ta vie ; je veux pas comprendre. C'est bien le bout, je suis dans la marde et c'est elle qui se plaint.

Elle ravale croche, tortille son kleenex.

— C'est une autre histoire. En rentrant à la maison, j'installe le fauteuil roulant de mon père devant la tévé.

— La télé !

— La télé. Je vais dans ma chambre et qui j'aperçois à ma fenêtre ? Ta sœur, grimpée dans l'arbre. Je m'approche.

— Qu'est-ce que tu fais là !

Elle me dévisage.

— Descends de là ! je lui dis. Qu'est-ce que tu regardes ?

— Tes yeux de poisson mort, elle répond.

Je suis insultée, évidemment.

— Effrontée ! Va-t'en chez vous ! Qu'est-ce que t'attends ? Déguédine !

Je me gêne pas pour lui dire, à la prof :

— « Déguédine », c'est pas dans le dictionnaire, au cas où vous l'auriez oublié.

— Il y a des moments où on en perd son français, Mona. Alors, ta sœur, tu sais ce qu'elle me dit ? Elle me dit : « Je veux te voir pleurer. » Je sais pas ce qui m'a pris, c'est ridicule, je me suis mise à pleurer, je pouvais plus m'arrêter, je pleurais comme une Madeleine. C'est là que ta sœur m'a raconté pour Suson, avec son père, derrière le cabanon.

— Ah ça ? Elle le dira pas, elle a juré.

— Tu l'as vu aussi, je crois, Mona. Il a pas le droit. Jon est probablement innocent. Sûrement qu'il l'est. Il faut dénoncer le vrai coupable. Il faut pas attendre, sinon...

— Qu'est-ce que vous croyez ? Qu'il mettra sa casquette de police pour s'arrêter lui-même, le vrai coupable ?

— Si j'avais su. Je voulais pas... je pouvais pas savoir. Je suis désolée. Eh bien, je vais le dire, moi. Il faut que ça cesse ! Après, il sera trop tard.

— S'il sait que ma sœur l'a vu, il fera tout pour qu'elle redescende jamais. Un fou. À part ça, vous étiez pas là. Personne vous croira. Peut-être qu'on a mal vu. Et puis, en quoi est-ce que ça vous intéresse. Vous pouvez pas comprendre.

— J'ai été jeune, moi aussi, Mona.

— Ça paraît pas !

Son kleenex est en lambeaux.

— Je sais, elle répond. C'est bien pour ça qu'il faut le dire avant qu'il soit trop tard.

Elle se sauve, bon débarras. Elle sert juste à faire la loi à une gang de petits morveux qui connaissent pas mieux. « Mieux », c'est quoi finalement ? Personne a l'air de le savoir. Même pas elle. Le « mieux », on le voit jamais traîner aux alentours. Je croyais l'avoir aperçu dans la maison au bord du lac. Pour ce que ça donne.

C'est à ce moment-là que la porte des nuages s'entrouvre. On voit le jupon de la vie en rose qui dépasse, comme dit Angélique chaque fois qu'on regarde un lever de soleil.

Je manque d'yeux pour la supplier, ma sœur, de mots pour la convaincre, de « mieux » à lui proposer. Seul un miracle.

La mère de Jon arrive. La mère de « l'écœurant, du petit torrieux, du Nègre, de l'animal ». Tout le monde reste bête, échappe ses mots dans la rumeur. Le corps raide, les oreilles molles, la mère de Jon fend la rumeur jusqu'au peuplier comme j'imagine Jeanne d'Arc jusqu'au bûcher.

— Angélique, tu me reconnais ?

Ma sœur sort vaguement la tête de sa bulle, la regarde du bout des yeux.

— Écoute, Angélique, elle dit, la mère de Jon. Écoute ça, mon poussin.

Elle pousse le bouton du magnétophone qu'elle porte sur l'épaule. La petite musique sous la musique se faufile le long du tronc du peuplier jusqu'aux oreilles de ma sœur.

La petite musique qui ouvre une porte à l'intérieur. Je voudrais l'embrasser, la mère de Jon. Les autres peuvent pas faire autrement que de l'entendre, la petite musique sous la musique. Ils sont tellement surpris, ils s'y attendaient pas, ils restent là. Ils se laissent frôler, même ceux que je croyais fermés bien dur. Jusqu'à la police qui enlève sa casquette, se passe la main dans les cheveux. Personne peut faire autrement que d'être touché sur les bords.

On est là, je sais pas comment dire, réunis quelque part dans une vie sous la vie, quand la prof revient, tenant Suson par une main, la mère suit accrochée à l'autre main de sa fille. Elles s'arrêtent, apeurées, au bord d'une catastrophe, on dirait. Suson plus que les autres. Elles restent là, en suspens, elles attendent la fin de la musique, peut-être. Surtout Suson. La musique s'arrête, on entend le déclic du magnétophone. Le silence se creuse. Énorme.

Suson ferme les yeux et saute dedans.

— C'est pas Jon.

# Quinze

## Une porte dans les nuages

— C'est pas Jon. C'est pas Jon...

« C'est pas Jon », répète Suson, les yeux baissés, la tête, tout en elle aspiré au fond du trou dans lequel elle tombe, sa mère avec.

— Qu'est-ce qu'elle dit ?... C'est pas lui ? C'est qui ?... qui ?... demande la rumeur.

La prof s'est détachée de Suson et de sa mère à la vitesse d'une flèche qui fonce droit sur sa cible. J'aurais jamais pu l'imaginer. Elle non plus, je pense. L'ennemi vient de débarquer ailleurs que dans la cour d'école ; ici, aucune horloge par où s'enfuir. Elle se plante devant la police qui cache le père de Suson en dessous de sa casquette. Elle les fixe. Les fixe. La police et le père de Suson savent plus où se mettre. L'un enlève sa casquette pour essuyer la sueur qui coule sur le front de l'autre.

— C'est pas moi, dit le père de Suson.

L'autre remet la casquette à la recherche du silence qui se trouverait dedans.

La prof en regarde un, voit l'autre au travers qui soulève sa casquette, s'essuie le front.

— C'est pas moi. Vous avez aucune preuve. Quelle preuve est-ce que vous avez ?

Jusqu'au squelette, la prof le fixe, le père de Suson, à travers les yeux de la police, pendant que sa fille continue de tomber, la mère avec.

Il sait plus où se mettre, son père.

— Dis-leur que c'est pas moi. Il se met à hurler : Dis-leur, ma fille !

Suson peut rien dire, elle tombe trop.

Au-dessus de Oiseau, la porte du ciel vient de s'ouvrir toute grande sur la vie en rose. Un rouge-gorge me passe par la tête, qui s'en va se péter la fiole contre la vitre de notre maison.

La prof crie :

— Non, Angélique !

Tous les yeux se garrochent. Si seulement on pouvait la retenir dans le filet de nos regards ! Mais il y a trop de trous.

Et je le dis :

— Je vous ai vu. Avec Suson, je vous ai vu. J'étais grimpée dans l'arbre, je vous ai vu avec Suson, à côté du cabanon.

Sous la casquette de la police, le père de Suson se met à trembler.

— T'es rien qu'une menteuse. Personne te croira.

La casquette tombe par terre.

Alors Oiseau le dit :

— Moi aussi, je l'ai vu. Deux fois je l'ai vu.

Quelqu'un a ramassé la casquette, un autre a enlevé le revolver à la ceinture. Il restait plus de police derrière laquelle le père de Suson pouvait se cacher. Juste un commun des mortels. Un commun des mortels à l'intérieur duquel il restait plus grand-chose du père de Suson non plus, s'il y avait déjà eu un père de Suson à l'intérieur. Il s'est laissé emmener en répétant :

— C'est fini. C'est fini.

Quelqu'un a dit :

— Tiens bon, fille, il arrive le jeune, ton ami va venir t'aider à redescendre.

Ma sœur a attendu sagement le retour de son « ami ».

C'est son père qui le ramène, Jon. Ils s'approchent, le père entoure de son bras les épaules de son fils.

— Vas-y, mon gars, il dit à Jon au pied de l'arbre.

La mère enveloppe son fils du regard tout le temps qu'il grimpe ! Un regard, comment dire, doux et solide en même temps, tricoté serré. Il pouvait pas tomber, Jon.

Au moment où il parvient en haut de l'arbre, papa arrive, son camion rempli d'un échafaudage en pièces détachées. Un énorme jeu de construction en métal avec lequel personne jouera.

On regarde tous le petit oiseau blanc qui a l'air fait pour voler redescendre de l'arbre sous l'aile du grand oiseau noir qui a pas l'air fait pour voler.

Quand ils touchent le sol, personne sait quoi dire. C'est mon père qui le dit :

— Tout est bien qui finit bien. Il faut être malade dans la tête. Qui aurait cru qu'une police, qui est maire en plus. Une si belle petite fille, c'est bien de valeur. Bon, vous allez m'excuser, je retourne à l'hôpital, sinon votre mère va se douter de quelque chose. Faut pas qu'elle sache pour Angélique, elle en a déjà assez sur les bras.

La mère de Jon se jette sur son fils ; elle le cajole, le minouche, ça en devient gênant. Angélique et moi, on a beau essayer de se transformer en piquets de clôture. Après, c'est au tour du père. Faut pas exagérer.

La prof s'est approchée. Une manche déchirée, des aiguilles de sapin sur sa robe, les joues barbouillées. J'aurais jamais pu l'imaginer. Elle remet à Angélique les pages du livre de Jon rapaillées dans la couverture.

— Il en manque pas trop.

— Merci, ma sœur dit.

Elle tient le livre un moment sur son cœur. Puis se tourne vers son propriétaire pour lui rendre.

— Ton livre, il en a arraché. C'est ma faute. J'ai fait exprès.

— C'est pas grave, petite sœur. Garde-le. J'en ai d'autres. Je pourrai te les prêter si tu veux.

Sur son cœur, elle le presse, le livre de Jon, ses mots surtout. Je les entends ronronner : « Petite sœur, petite sœur... »

Jon est monté avec sa mère dans l'auto de son père qui les reconduit à la maison.

— Je peux faire quelque chose? demande la prof.

— On va être correctes, je réponds.

— Angélique, ça va aller?

— Oui.

La prof va retrouver Suson et sa mère toujours écrasées au fond du trou pour leur offrir de les raccompagner; on dirait qu'elles reconnaissent plus le chemin de leur maison.

Angélique et moi, on est rentrées. On avait tellement de choses à se dire.

— Dis quelque chose.

— Toi-même.

— Oiseau, parle-moi.

On s'est endormies collées serrées. Un gros paquet de sœurs entremêlées dans le vieux fauteuil.

## Seize

## Le conditionnel du passé

Qu'est-ce qui chauffe sur ma joue? Le soleil qui fait sa prière à genoux dans la fenêtre du salon avant d'aller se coucher. J'ouvre les yeux, la place est vide dans le fauteuil à côté de moi.

— Angélique, t'es où?

Je la cherche partout. Je la trouve sur la galerie, assise sur le banc, le livre de Jon sur la poitrine en dessous de ses bras croisés bien dur. Qu'est-ce que j'ai encore fait?

— Angélique...

— ... Oiseau.

— Oiseau. Tu boudes ?

— Oui.

— Je peux savoir pourquoi ?

— Oui.

— Pourquoi ?

— Tu penses toujours que je comprends rien.

— Qu'est-ce que tu racontes ?

— C'est toi, Mona, qui racontes n'importe quoi.

— Je sais même pas de quoi tu parles.

— C'est toi qui le sais pas de quoi tu parles ! C'est même pas ça, l'âme en peine. C'est un nom d'oiseau. Un surnom, c'est pareil. La mère de Jon l'a dit.

— Quand ça ?

— Tout à l'heure.

— T'es allée chez eux !

— T'avais juste à pas dormir. C'est même pas un soupir, l'âme. Demande à Jon !

— Tu as vu Jon !

— C'est un oiseau en dedans de nous.

— Jon a dit ça ?

— Non, c'est écrit dans le livre. J'ai compris toute seule quand il l'a lu. Là.

Angélique m'indique les deux passages que je dois lire :

— «Âme à l'abîme habituée
Dès le berceau,
Je n'ai pas peur de la nuée ;
Je suis l'oiseau.

...

J'ai des ailes. J'aspire au faîte ;
Mon vol est sûr ;
J'ai des ailes pour la tempête
Et pour l'azur. »

— Tu comprends tous les mots, Angélique ?

— Non. Les importants.

— Ton oiseau, penses-tu qu'il aurait faim pour une pizza ?

— Ça mange pas, l'âme, Mona. Mais mon corps aimerait ça.

On mange en regardant la lumière du jour tomber. Tout est si fragile.

Un nuage de poussière. Papa arrive. Angélique va vite cacher son livre dans notre chambre.

— Le vieux torrieux, il faisait semblant de pas pouvoir marcher ! C'est pas une raison pour que sa fille le plante là, un homme de cet âge-là.

— De qui tu parles, papa ?

— Du père de la prof. Il paraît qu'elle a fait sa valise et a foutu le camp. Il était pas

127

supposé être capable de marcher, mais ça l'a pas empêché de courir après elle sur le trottoir : « Me laisse pas, me laisse pas tout seul, il lui criait. Pense à ce que ta mère dirait si elle savait ça. » Elle s'est arrêtée et, sans le regarder une dernière fois, elle a dit : « Si seulement maman l'avait su ! » et elle l'a planté là.

— Elle est partie où ? je demande.

— Personne le sait. Elle veut refaire sa vie, il paraît. Comme si je refaisais ma vie, moi. Il doit y avoir une histoire d'homme en dessous de ça. Elle avait pourtant l'air d'une sainte nitouche, cette femme-là. Une vraie traînée ! Et ça enseigne à nos enfants.

— T'as pas le droit de dire ça. Tu le sais même pas. Je te déteste ! lui lance Oiseau par la tête en courant se réfugier dans notre chambre.

— Qu'est-ce que j'ai encore fait ? demande mon père

— Rien. T'as rien fait, je réponds. Comme d'habitude.

— Tu t'occuperas de ta sœur. Demain matin, je ramène ta mère et ton frère de l'hôpital. Attends de le voir. Un vrai petit gars !

Mon père se prend une bière dans le réfrigérateur. Allume la télé. Je m'en vais me coucher. Je suis loin d'être sûre d'avoir envie d'un bébé frère.

Sur la pointe des pieds, je rentre dans la chambre. « Il fait noir souris », dirait ma sœur. Je trotte menu dans l'échelle de mon lit superposé. Je me glisse sous les draps. Pas la moindre petite joie dans le bas de mon ventre ; le corps y est pas. Je cherche le sommeil, c'est la prof que je trouve sur un trottoir dans ma tête, ses pas que j'entends marcher vers l'inconnu.

Si j'avais su que la prof aussi. J'aurais jamais imaginé. Je suis désolée, comme dit l'autre. Comment on peut savoir, personne dit rien. Le monde parle à côté. Peut-être parce que personne écoute. Alors, le monde sait rien. Ce qui empêche pas le monde de dire aux autres quoi faire. Si seulement j'avais mon cahier, mon petit trognon de crayon pour écrire ce qui me passe par la tête. Il faudrait que j'ouvre la lumière pour le retrouver dans ma cachette en dessous d'une latte du plancher qui est lousse – dans notre cachette, je devrais dire, puisque maintenant s'y trouve aussi le livre de Jon. Impossible sans réveiller ma sœur qui doit dormir dans le lit en bas du mien. Ma petite sœur ange tombée du ciel, mon oiseau rare.

Je m'étire le cou pour la regarder. Une aile repliée en dessous de la tête, elle suce le pouce de l'autre, les yeux grands ouverts sur je sais pas quoi, l'avenir, j'espère.

— Dors-tu, Angélique ?

Elle fait non de la tête.

— Moi non plus.

— Je le savais qu'elle avait des yeux de poisson mort, elle aussi. C'est pour ça qu'elle était pas-d'accord-enragée ?

J'imagine sa main qui griffe ma feuille, le zéro de sa bouche.

— Elle était pas obligée de jeter sa colère sur moi. Je lui avais rien fait, moi. Pourquoi pas sur Suson, Jon, les deux tarlais de Sigouin ou d'autres anonymes de la classe ?

— Peut-être parce que, toi, t'es l'épinette sur la roche.

Silence.

— À quoi tu penses, Oiseau ?

— Je pensais que j'irais au lac caché voir les castors, mais que tu voudrais pas.

— On ira demain matin. Veux-tu que je vienne dans ton lit ?

Non de la tête.

— Les castors seront pas là. Ils seront là, mais dans leur cachette. Ils sortent la nuit. Pas le jour, c'est trop dangereux. La mère de Jon l'a dit.

— On peut pas aller au lac caché en pleine nuit, Oiseau.

— Pourquoi ? Papa dort dur, il s'en apercevrait pas. Quand maman sera là, on pourrait pas, elle dort trop mou. C'est notre seule chance.

— Notre chance de quoi ?

— Notre chance toute seule.

Nous voilà dehors au beau milieu de la nuit. Sous un ciel allumé d'étoiles, juste assez pour nous éclairer sans qu'on se fasse remarquer. Les yeux de ma sœur peuvent pas s'empêcher de s'y envoler de temps en temps, ses bras s'élèvent.

— La vie continue pas derrière le ciel, Angélique.

— En dedans, oui, elle répond.

On arrive devant la maison de Suson. On l'imaginerait en mille morceaux, la maison de Suson. Mais non. Rien de changé ; tout le monde dort, même Matamore. Si mon père faisait une chose pareille, ma mère lui rabattrait le plafond sur la tête, lui enlèverait le plancher dessous les pieds, le jetterait par la fenêtre. Mon père ferait jamais ça. Elle tient encore debout, la maison de Suson, toujours plus grosse, plus belle que les autres avec ses petits auvents, sa rocaille frisottée, son parterre sans une feuille qui dépasse. Elle nous en imposera plus longtemps, déjà que le gazon est plus long que d'habitude ; la mauvaise herbe pousse vite. La mère de Suson sait pas se servir d'une tondeuse, je mettrais ma main au feu.

On s'arrête devant la maison de Jon. Elle a cessé de trembler, la maison de Jon, soulagée. Il fait noir tranquille à l'intérieur. Mais l'auto de son père est repartie ; Angélique et moi, on avait espéré...

Elle pense fort à Jon, Angélique. Je l'entends d'ici.

— Tu me feras plus jamais peur comme ça. Promis ? Dis-le, « petite sœur » !

— ...

— « Je le ferai plus. » Dis-le, Angélique.

— Le.

# Dix-sept

## Castors

Excitées! On est encore plus excitées que la veille du jour de Noël. Surtout qu'on sait, Oiseau et moi, qu'on s'excite pas pour rien. Qu'on sera pas déçues le lendemain matin, parce que le père Noël nous a oubliées ou nous a enveloppé un petit cadeau de rien à la dernière minute. De toute façon, Oiseau croit pas au père Noël, elle y a jamais cru. «Moi, je crois juste à Cendrillon, des fois, un peu, quand t'es là», elle dit souvent, ma sœur.

Notre cadeau, la vie nous l'offre sur un plateau d'étoiles.

— Comme Cendrillon, elle dit.

— Mais on sera pas obligées de rentrer à minuit.

— On connaît le chemin. Même pas besoin de carrosse ou de fée marraine.

— Pas de prince charmant non plus pour te rapporter ton soulier si tu le perds. Attache ton lacet.

— Toi, Mona, tu crois jamais à rien.

Je me penche pour l'attacher.

— Crois à ce que tu veux, Oiseau, mais attache tes souliers.

Sur ses petites jambes de princesse écorchées, ma sœur frétille d'impatience. Vite que l'on se retrouve au lac caché pour assister au bal des castors !

Moi, j'ai surtout peur de me trouver face à face avec un ours.

— Menum menum ! Vous avez pas d'affaire ici ! Fichez le camp, sinon je vous mange tout rond. Menum Menum ! il dira l'ours en grognant. Si on a la chance qu'il nous avertisse.

— Il nous verra pas. La nuit, les enfants sont gris.

— Les chats, Oiseau. Les chats sont gris.

— Les enfants aussi. Tout.

— Les ours aussi, alors. On le verra pas arriver.

— Si t'as peur, t'as juste à mettre une bulle en imitation d'ours autour de toi. Pas une bulle de bébé ours, une bulle de grande ourse de notre âge.

— Et si on rencontre un renard ou un loup?

— L'ours est le plus fort.

La petite devant, sûre de son déguisement, m'entraîne, moi, la grande qui fait semblant d'y croire à travers le barbelé de broussailles. Les castors! On les a pas aussitôt aperçus que de grands paf! paf! retentissent à la surface de l'eau et les voilà disparus plus vite que leur ombre.

— J'ai pas pensé, Mona. On leur a fait peur avec notre bulle d'ours. La maman a donné des coups de queue sur l'eau, les castors ont plongé-couru dans le tunnel de leur maison.

Elle se débarrasse de son déguisement. Je reçois l'ordre d'en faire autant. Avec ma sœur, il y a des moments où il faut entrer dans le jeu, sinon c'est pire.

On grimpe sur la roche, on attend. Toutes nues, sans bulle, je veux dire, au naturel, ordre d'Angélique. Si je comprends bien, les castors finiront par se rendre compte qu'on leur veut pas de mal, qu'on est des enfants, de la bonne sorte, celle qui croque pas les castors.

Ça leur prend du temps à s'en rendre compte. On poireaute sur notre roche. À la surface du lac, pas le moindre clapotis. Silence. Même dans la hutte ; les castors se tiennent les fesses serrées. Que du silence. Qui déborde sur la rive. Se répand autour.

Le silence sous le silence.

Est-ce qu'Angélique l'entend ? Chose certaine, elle écoute, je la connais. Mais est-ce qu'elle entend le silence des castors qui dit : « Si t'es un ennemi, fiche ton camp d'ici. Tu perds ton temps. Tu nous auras pas ! Tant que tu seras là, on bougera pas. Cachés, bien cachés dans un endroit introuvable. » Est-ce qu'elle entend le mien, mon silence, qui veut rien savoir d'un bébé frère ? Me semble que la hutte était assez pleine. Entend-elle le silence de maman qui choisit pas ? Celui de Suson ? La vie lui a cloué le bec à celle-là. Entend-elle le silence de la prof, toute seule sur un trottoir inconnu ? Ce que je donnerais pour retrouver mon poème. Je fouille sous l'épinette où il pourrait avoir glissé du livre de Jon.

— C'est ça que tu cherches, chuchote ma sœur.

De la petite poche de sa robe, Oiseau sort ma feuille pliée en huit, délicatement, comme si c'était une relique.

— Qui perd donne. Mais je te la prête.

C'en est une, relique.

— On la reverra peut-être jamais, la prof, Oiseau.

— J'espère qu'il y a un lac caché, ailleurs, murmure ma sœur.

— Avec une grosse pierre et un arbre qui pousse dessus.

— Penses-tu qu'elle a une sœur ?

— J'espère.

— Ou un frère.

Son silence. Mon silence. Le silence de l'une qui se blottit dans le silence de l'autre. Il y a des silences qui séparent, mais quand ton silence peut se glisser dans les bras du silence de l'autre, alors là...

Un silence vient de craquer au ras du sol dans les branches mortes. On l'entend se rapprocher, grimper à côté de la roche.

— Maman !

C'est sorti tout seul : le nom de celle qui peut le moins m'aider.

— Le prince charmant, je te l'avais dit !

Fière de son coup, ma sœur sourit. C'est rare.

Jon !

De nous trois, c'est lui qui a eu le plus peur. Il reste là, la bouche ouverte, un embâcle dans la tête. De tous les mots qu'il connaît, pas un seul de disponible.

Oiseau se tasse contre moi pour faire une place à Jon. Je peux quand même pas l'envoyer promener. Il a sauvé ma sœur. Ma sœur qui jubile en nous regardant, Jon et moi, éviter de nous regarder.

Il y a des silences qui savent plus où se jeter, trop excités d'être si proches l'un de l'autre. Ils disent n'importe quoi, commencent une phrase pour aussitôt dire le contraire. Ils sont tellement gênés et ont peur que l'autre le soit pas autant. Un vrai supplice.

C'est Oiseau qui y met fin.

— Chut ! les castors arrivent !

Et ils arrivent. Même qu'ils se mettent à jouer, à glisser, à danser sur l'eau. Dans le silence qui clapote. À la fin, le petit dernier est si fatigué que la maman castor doit le transporter sur son dos. On les regarde disparaître sous l'eau. On est bien. Sans dire un mot. Sans bouger. Rien. On savoure notre cadeau. De la chance plein les yeux qu'éclaire un rayon de lune, elle vient d'apparaître derrière un nuage, la lune. Un lever de lune !

La tête d'Angélique s'alourdit contre mon épaule. Elle dort, sa petite main blanche abandonnée dans la grande main brune de Jon. J'ose pas bouger, Jon non plus. De peur de réveiller la chance et qu'elle se rende compte qu'elle s'est trompée d'adresse.

# Dix-huit

## L'inconditionnel du présent

Ma sœur se réveillera pas. Jon devra la transporter jusque chez nous. Il lui rapportera même la « chaussure », comme il dit, qu'elle aura perdue en chemin. Papa la trouvera sur le pas de la porte, la chaussure bien sûr, en arrivant avec maman et le bébé. Nous, ils nous trouveront endormies en boule sur le divan. Ni l'un ni l'autre remarquera le reste de nuit allumé de chance dans nos yeux.

Pour l'instant, toute l'attention des parents est dirigée vers le bébé garçon.

Assise dans le fauteuil, ma mère essaie de l'endormir. Sous les yeux de mon père, qui commence à déchanter : Je me rappelais pas qu'un petit, c'était autant d'ouvrage.

Dans son coin, Angélique suce son pouce : Quoi faire avec ce paquet de garçon qui lui enlève sa place ? Le jeter par la fenêtre ou se jeter elle-même ? À moins de le manger tout cru ? On avait autant besoin d'un bébé frère que d'un peu plus de misère à étendre sur la corde à linge. Je sors prendre l'air. Mon père me rejoint sur le pas de la porte.

— Où est-ce que tu vas ?

— Dehors, faire un tour.

— C'est pas parce qu'il... que t'es obligée de fraterniser. Je suis pas raciste, mais...

— Laisse-la tranquille, elle est assez grande pour savoir ce qu'elle fait, dit ma mère.

Le bébé se réveille, mon père m'oublie.

Je prends le bord du lac caché. J'aperçois Suson en train de tailler la haie avec un sécateur pendant que sa mère passe la tondeuse. J'en reviens pas. Suson me regarde, me cherche. Je continue mon chemin, disons que je l'ai pas vue. Je passe devant chez Jon ; il nettoie sa bicyclette, je fais semblant de rien, je m'arrête pas, je suis trop gênée.

— Mona...

C'est lui, il m'appelle, même qu'il me rejoint.

— Où vas-tu, Mona ?

— Par là.

— Je peux t'accompagner ?

J'ai « le cœur qui se bat », dirait Oiseau. Je veux tellement qu'il m'accompagne. Mais je fais l'indifférente, je réponds à côté.

— Ça me dérange pas.

Je rougis jusqu'aux oreilles. Si seulement j'étais noire ! On reste là, face à face. J'ose pas bouger. Il sait plus comment. Je voudrais. Je regarde ses lèvres. Qu'il. J'ai jamais embrassé un gars, vraiment embrassé, un gars que. J'en ai tellement envie, ça fait mal. N'importe quoi !

— Moi aussi, il dit.

S'il était pas noir, il serait plus rouge que moi.

— Toi aussi quoi.

On passe des heures à se promener dans le bois. On parle de choses et d'autres, surtout d'autres choses. Du lac dont il faudrait s'occuper ; il y a des recherches qui se font dans le domaine de la dépollution. Sa mère voudrait en discuter avec mon père ; est-ce que je pense qu'il serait d'accord ? À la fin, il part travailler à l'épicerie.

— À demain.

— C'est ça.

Je remonte chez nous. Suson lit sur une chaise longue à côté de sa mère. Je la vois de loin. En passant devant chez elle, je regarde ailleurs, je change de trottoir dans ma tête. Le camion est pas là ; mon père doit être allé faire des commissions. Je rentre à la maison, pas un bruit. Des pas de souris sur le plancher. C'est ma sœur qui trotte menu. Je la suis, ni vue ni connue. Elle se faufile dans la chambre des parents. Ma mère s'est endormie dans le lit à côté de celui du bébé. Oiseau reste un moment dans l'ombre de l'armoire pour s'assurer que le champ est libre. Il l'est. Elle se glisse à côté du berceau. L'imbécile, elle va réveiller le bébé ! Il se réveille, mais il pleure pas. Il regarde ma sœur. D'après les médecins, le bébé voit rien les premiers jours. Ils l'ont appris de qui ? Qui s'en souvient ? De toute façon, ma sœur croit pas à ces affaires-là. Elle regarde le bébé, le regarde. Soudain, elle avance la main : elle va pas lui sauter dessus. Sa main se fait toute tendre, du mou des doigts, elle lui caresse la menotte, les petits orteils, le pli de ses bras, les trois poils qu'il a sur le caillou. C'est la deuxième fois que je vois Oiseau sourire en autant de jours, c'est louche.

Finalement, je l'entends qui chuchote à l'oreille du bébé :

— Moi, je te choisis.

J'ai plus rien à faire ici. Je m'éloigne. Je sors dehors, je m'assois dans les marches de l'escalier. J'attends que ma sœur me cherche, me trouve pour que je m'occupe d'elle. J'attends. À un moment donné, qui je vois se poser sur le bord de la fenêtre ? Le rouge-gorge. Je suis sûre que c'est le même. Je veux que ce soit le même. Il faut que ce soit le même.

Il reste là, sur le bord de la fenêtre. Je mettrais ma main au feu qu'il attend que ma sœur l'ait vu pour repartir. Je me lève, je marche pour marcher, sans trop savoir où je vais. Jon revient pas de l'épicerie avant la fin de l'après-midi. La première chose que je sais, je suis postée devant la maison de Suson, qu'est-ce que je fais là ? Suson, elle lève même pas les yeux, la tête, rien : elle espère plus. Je reste là. Je sais pas pourquoi. Il faut que je me sauve avant de prendre

racine, avant qu'elle m'aperçoive et s'imagine n'importe quoi. Je l'ai jamais tellement
aimée, cette fille-là. Mais je reste là à la
regarder, à la chercher derrière son livre.
J'entends la voix de sa mère :

— Tiens, c'est Mona qui te rend visite.
Je te l'avais dit qu'il fallait pas désespérer.

« Arborer fièrement les cicatrices de nos combats, écrire nos secrets sur les murs, refuser d'avoir honte. »

Clarissa Pinkola Estès

Les extraits de poèmes sont tirés de *Les Contemplations* de Victor Hugo.